U0523708

诗词里的中国

叶何其 / 著

李白诗传

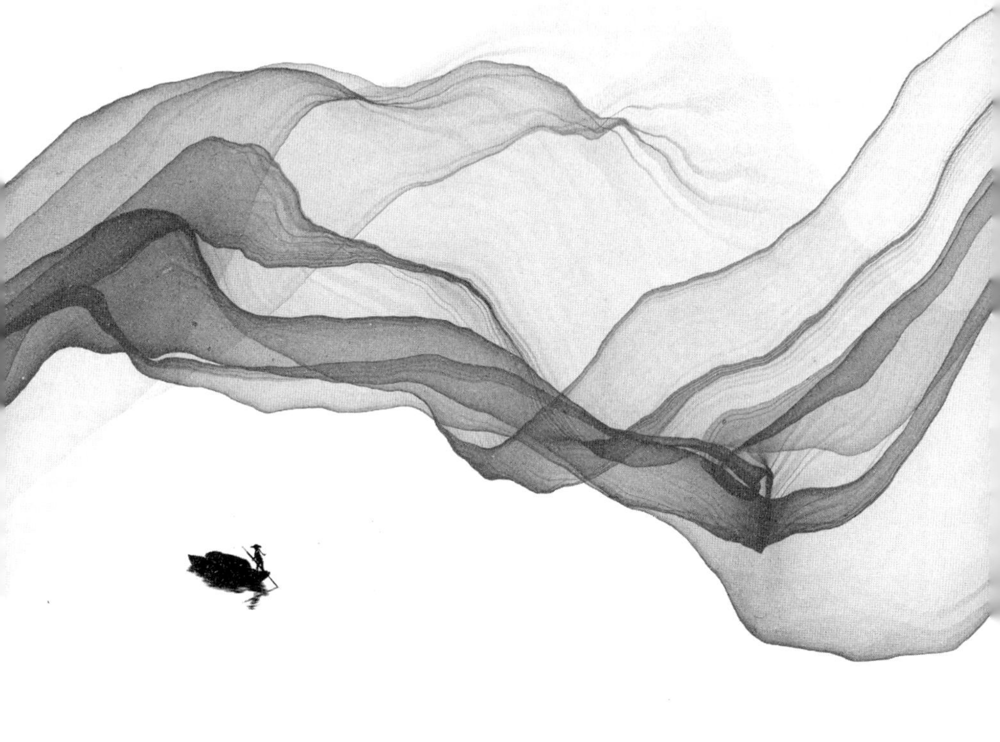

天地出版社　TIANDI PRESS

诗词里的中国

李白诗传

序

盛唐与李白,互相成全

大明宫里,美人如玉;华清池中,温泉水暖。

是谁在说着唐明皇与杨贵妃的故事?是谁在奏着《霓裳羽衣曲》?

一梦沉酣,穿越千年。

在那个叫盛唐的梦里,缺了谁,也不能缺一个叫李白的人。盛唐少了他,如同王冠顶尖上少了一颗宝石,轮廓还在,却失去华彩。

那是秦汉以来最漫长的一段和平富足的岁月,此时成长起来的人是真正的盛世之人。他们的眸子里没有沧桑,他们的心像月光一样明亮,像丝绸一样光洁,他们的心里是满满的安全感。

他们漫游、交友,遇到知己,千杯倾尽。

他们爱诗歌、爱音乐、爱骑马、爱击剑、爱行侠仗义、爱斗鸡走犬，他们张开双臂热情拥抱生活，他们相信，我不负生活，生活亦不会负我。

他们相信，天生我材必有用。

他们相信，千金散尽还复来。

他们是最会写诗也最会欣赏诗歌的一代人。在他们身后，大唐盛世的帷幕缓缓落下，诗歌的黄金时代黯然翻过一页。

如果给大唐诗人颁发一顶桂冠，只有戴在李白头上，才是众望所归。李白生前自带光环，走到哪里，哪里惊艳一片。行走在民间，惊艳黎庶；迈步进皇宫，惊艳皇帝、贵妃。他的诗是唐文宗御封的"唐代三绝"之一。

李白写诗从不苦思冥想，"两句三年得""捻断数茎须"，李白用不着。

李白的从弟李令问曾经问他："兄心肝五脏皆锦绣耶？不然，何开口成文，挥翰雾散？"他点点头，认同了这样的说法。

《开元天宝遗事》说李白："每与人谈论，皆成句读，如春葩丽藻，粲于齿牙之下，时人号曰李白粲花之论。"

人们解释不了李白的天才之资从何而来，只能称他为"谪仙人"。

人们不相信凡夫俗子能写出他那样的诗句，给他编造了各种各样的故事。说他晚上做梦，梦见他的笔头绽开一朵美丽的花，自此文思如泉涌；说他是太白金星转世，后人还煞有介事地写诗道"是时五星中，一星不在天"，那个逃到人间的太白金星，投胎成为李白。

太白重归星位，他留在人间的诗歌化为满地繁花。行走在李白诗歌里，永远都是春天。

我们哪个人，不是从牙牙学语时就念着"床前明月光，疑是地上霜。举头望明月，低头思故乡"？李白的诗歌给我们最初的文学启蒙，也给我们最初的故土眷恋。

李白是盛唐留给我们最好的礼物。我们感谢盛唐以它宽厚博大的胸怀容纳了狂放的李白，不羁的李白。

纵然李白天资过人，也不会千年以来，唯此一人。只不过那些早生的"李白"，因为时机不成熟，没能绽放出才华；那些晚生的"李白"，因为最好的时代过去了，才华展示不出来。

明代的唐寅，才思不比李白逊色，然而终其一生，也没能写出一首具李白气象的诗歌。李白曾居于桃花岩，唐寅曾居于桃花庵。李白写的是"桃花流水窅然去，别有天地非人间"，唐寅写的是"桃花坞里桃花庵，桃花庵里桃花仙"。

诗歌不是顺口溜，好诗要见天地，见众生。李白的诗里有天地、有众生，唐寅的诗里只有他自己；李白把诗写"大"了，唐寅把诗写"小"了。

大写的诗人需要一个大写的时代。

随着隋唐统一,南方诗歌的清雅妩媚与北方诗歌的刚劲质朴融为一体,产生绚烂多姿的诗歌形式,形成众多的诗歌流派。

唐太宗文武双全;武则天才貌俱佳;唐玄宗李隆基有英明果决的一面,亦是一位资深的文艺爱好者。大唐盛世,上行下效,诗歌作为一种高雅的文学形式,受到全社会的热捧。

李白恰恰生在了这个大写的时代。李白心中有个建立清平世界的梦想,这个梦想终其一生没有实现。李白是带着遗憾离去的。但死去的是李白的凡身,他的精神是一只不死鸟,在他的诗文里吟传。

目录

第一章 · 蜀中：永远的故乡

身世之谜，迷雾重重 / 003

漫漫回归路 / 011

天才初现 / 019

已将书剑许明时 / 029

丈夫未可轻年少 / 037

第二章 · 安陆：我的心在远方

仗剑去国，辞亲远游 / 049

大鹏遇到稀有鸟 / 057

十谒朱门九不开 / 066

有美一人，汉水之滨 / 078

落魄长安 / 087

第三章 东鲁:梦想开始的地方

隐居桃花岩 / 101

故人已逝,红颜凋零 / 111

寄家东鲁 / 120

竹溪六逸 / 129

仰天大笑出门去 / 142

第四章 长安:富贵于我如浮云

金龟换酒酬知己 / 153

奉诏作诗 / 163

饮中八仙 / 173

力士脱靴,贵妃捧砚 / 181

赐金放还 / 191

第五章 江湖漂泊：前路漫漫有知己

告别长安 / 203

李杜重逢 / 213

游金陵，访旧友 / 225

南风吹我心 / 238

北上幽州，南下宣州 / 250

第六章 当涂：诗仙生命的归处

渔阳鼙鼓动地来 / 263

为君谈笑静胡沙 / 274

流放夜郎 / 286

为君槌碎黄鹤楼 / 295

骑鲸归去 / 308

寂寞身后事 / 319

第一章

蜀中：永远的故乡

身世之谜，迷雾重重

每个生命都有来处，有去处。追寻生命的来处，探究生命的去处，这是人的本能。

对李白，我们也想弄清楚，他的天才之资从何而来。贺知章称他为"谪仙人"，他不会真的是天外来客吧？

唐人重门第，每个名门子弟都能说出自己祖上是谁，郡望哪里，属于哪房哪支，何人何时迁于何地。因为名门之间互相联姻，每个人的身世都有七大姑八大姨可以佐证。

李白的父母、祖父母、曾祖父母、兄弟姐妹、姑舅侄甥，我们一无所知，仿佛李白是天地造化孕育而成，独来独往，无根无系。

李白只有在求人举荐时，才含含糊糊谈一点自己的身世。三十岁时，李白求裴长史推荐自己，他说："白本家金陵，世为右姓。遭沮渠蒙逊难，奔流咸秦，因官寓家。少长江汉……"

李白的这个自叙把很多人搞蒙了。"遭沮渠蒙逊难"是指沮渠蒙逊灭西凉，西凉是十六国时期李暠建立的政权。李暠是陇西成纪人，李白是李暠后人，怎么会"本家金陵"？李白在蜀中长大，二十五岁才出蜀漫游，他家怎么会"奔流咸秦"，他怎么会"少长江汉"？后人只能开动脑筋，去推测是怎么回事。

《李太白全集》的注者王琦认为这段自叙有讹脱，"金陵"或为"金城"之误。郭沫若认为"咸秦"是"碎"字之讹，原字被蠹虫蚀掉，后人以意补成。"金陵"又名建康（今江苏南京），前凉张骏置建康郡，故李白把建康郡称为金陵。"江汉"，有人认为是"广汉"之误，李白一家居住的绵州昌隆（今四川江油），古称广汉。经过人们种种弥补性解释，总算能自圆其说。

三十四岁时，李白求韩荆州举荐自己，他说："白，陇西布衣，流落楚、汉。"李白说他是陇西人，其实也是说他是李暠后人。

五十多岁时，李白因卷入永王李璘事件入狱，出狱以后，壮心不已的李白请求宰相张镐推荐自己，他给张镐写了两首长诗。

> 本家陇西人，先为汉边将。
> 功略盖天地，名飞青云上。
> 苦战竟不侯，当年颇惆怅。
> 世传崆峒勇，气激金风壮。

> 英烈遗厥孙，百代神犹王。
> …………

李白说他是汉代飞将军李广的后代。这个说法跟前面的说法不矛盾，陇西李氏的祖先就是飞将军李广；再往前追溯，是战国末年的秦国大将李信。李信的后代分出了两支，一支是陇西李氏，一支是赵郡李氏。

李白诗文中有很多堂叔、从叔、从兄、从弟、从侄、从甥，他们有的是陇西李氏，有的是赵郡李氏。只要是姓李的，李白就跟他们论叔侄，论兄弟。唐人习气即是如此。

李白的几次自我介绍，都只说他的远祖，不说近祖。远祖容易作假，一个人说自己是几百年前或上千年前某个名人的后代，谁能去查证？近祖作假很难，一个人说出父亲或祖父的名字，在族谱上查不到这个人，也没人记得有这个人，那就是假的。

李白的问题，就是远祖说得清楚，近祖说不清楚。李白自己都说不清楚，别人就更说不清楚了。

《旧唐书》中李白的身世：

> 李白，字太白，山东人。少有逸才，志气宏放，飘然有超世之心。父为任城尉，因家焉。

《新唐书》中李白的身世:

> 李白,字太白,兴圣皇帝九世孙。其先隋末以罪徙西域,神龙初,遁还,客巴西。白之生,母梦长庚星,因以命之。

《旧唐书》的说法有误,那位担任"任城尉"的李白之父,实为李白"六父",但他是李白的亲叔父,还是李白认来的叔父,我们不清楚。《新唐书》中的李白身世参考了李阳冰《草堂集序》与范传正《李公新墓碑文》中的内容。

公元761年,贫困潦倒的李白投奔当涂县令李阳冰,并于次年在当涂病逝。临终前,他把自己的诗文托付给李阳冰,请李阳冰为之作序。李白病逝后,李阳冰完成了李白的嘱托,把李白诗文汇编成集,亲自作序,是为《草堂集序》。

《草堂集序》中的李白身世:

> 李白,字太白,陇西成纪人。凉武昭王暠九世孙。蝉联珪组,世为显著。中叶非罪,谪居条支,易姓与名。然自穷蝉至舜,五世为庶,累世不大曜,亦可叹焉。神龙之始,逃归于蜀,复指李树而生伯阳。惊姜之夕,长庚入梦,故生而名白,以太白字之。

这个李白身世，应该是李白亲自告诉李阳冰的。古人文集序言，通常会介绍作者身世，李白委托李阳冰为他作序，必会跟李阳冰说说他的身世。

李阳冰在序言中说，李白是凉武昭王李暠九世孙，他的祖上流放到条支，改名换姓，生活了五代人。唐中宗神龙初年，李白父亲逃回内地，恢复李姓。李白出生的时候，他的母亲梦到长庚星入怀。长庚星又名太白金星，故给他取名白，字太白。

李白去世五十多年以后，李白友人范伦之子范传正担任宣歙观察使，范传正寻访到李白的两个孙女，李白的孙女从箱子底下找出父亲伯禽生前关于身世的手疏。范传正参照伯禽手疏的内容，给李白重写碑文，是为《唐左拾遗翰林学士李公新墓碑并序》，其中的李白身世：

> 公名白，字太白，其先陇西成纪人。绝嗣之家，难求谱牒。公之孙女搜于箱箧中，得公之亡子伯禽手疏十数行，纸坏字缺，不能详备。约而计之，凉武昭王九代孙也。隋末多难，一房被窜于碎叶，流离散落，隐易姓名。故自国朝已来，漏于属籍。神龙初，潜还广汉，因侨为郡人。父客，以逋其邑，遂以客为名。高卧云林，不求禄仕。公之生也，先府君指天枝以复姓，先夫人梦长庚而告祥，名之与字，咸所取象。

这个李白身世的介绍,跟李阳冰所说相差无几。不同之处是李阳冰说李白祖上被流放到条支,范传正说是碎叶。条支是唐代的条支都督府,治所在今阿富汗境内;碎叶是西域军事重镇碎叶城。郭沫若考证碎叶城有两个,一个在今新疆,一个在今中亚。郭沫若认为碎叶城属于条支都督府,两个地名不矛盾。

我以为,即使两个地名矛盾,也在情理之中。李白与他的儿子伯禽都在南方成长,西域于他们,只是一个遥远的传说,弄不清楚祖上生活在西域哪个地方很正常。李白祖上被流放西域,不会带很多财产,那么几代人怎样生活?最有可能的谋生手段是经商。商人有流动性,所以后人就更弄不清楚祖上生活在什么地方了。

碑文中出现了李白父亲的名字,这不是李白父亲的本名,而是李白父亲客居蜀地,人们称他为李客。

李白的儿子李伯禽生于安陆(今湖北安陆),长于东鲁(今山东济宁),居于安徽当涂,从来没回过父亲的老家,他关于自家先祖的叙述,应该是李白告诉他的。

转来转去,我们都只是听李白的一面之词,没有一个人可以为他作证。

天宝元年,唐玄宗下诏把凉武昭王李暠后代中的绛郡、姑臧、敦煌、武阳四房,甄别身份,"隶入宗正寺,编入属籍"。李白因为没有证明材料,坐失一个成为唐朝宗室的机会。

真相缺失，人们用想象来填补。关于李白身世，人们有种种说法。陈寅恪认为李白"本为西域胡人"。郭沫若不同意陈寅恪观点，但是认为李白是李暠九世孙的说法也很可疑。

近年来，有人认为李白是隋末割据凉州（今甘肃武威）的李轨后人。李轨与李渊父子作对，被俘往长安处死。凉州地近西域，可能有李轨子孙逃往西域。李白是罪人之后，不敢暴露身份，也不敢参加科举考试，只能一生求别人举荐自己。

有人认为李白是玄武门之变中被杀死的太子李建成或齐王李元吉的后代，李建成或李元吉有个幼子侥幸漏网，随胡商逃往西域，直到几十年后，他的后人才从西域回来。

还有人认为李白是普通商人之子，只因商人受社会歧视，李白只好冒充名门之后。

虽然各种猜测都有道理，但在没有证据之前，一切只是猜测。

李白很小就接受启蒙教育，少年时博览群书，不像是个普通西域商人家的孩子。李白一生对政治满怀热情，对具体的政治运作却一无所知，他家要么从来没有接触过政治，要么很久没接触政治。李白身上的这种矛盾性，喻示着他出生在一个很特殊的家庭。他有可能真的是李暠或李轨流亡西域的子孙后代。

也有可能李白只是一个普遍商人家出奇聪明的孩子，他不甘心像父兄那样做一个身份卑贱的商人，想凭他的才华跻身上层社会，风风光光地生活。

要挤入上层社会，就要往自己脸上贴金。唐朝虽然大力推行科举制，对抗门阀势力，但整个社会还是很注重门第，门第最高的"五姓七望"，皇家都高攀不上。

唐朝初年修《氏族志》，博陵崔氏列第一，唐太宗李世民不同意，强行把陇西李氏列为第一。因为唐朝皇帝也自称是李暠后人，郡望为陇西。但这个官方排名，民间不承认，民间还是认为博陵崔氏、清河崔氏、范阳卢氏、荥阳郑氏、太原王氏是第一梯队，陇西李氏在第一梯队就是打酱油的。后来唐文宗想让宰相郑覃把他的孙女嫁给皇太子，但郑覃宁可把孙女嫁给一个姓崔的九品官，也不同意把孙女嫁给太子。

唐文宗无奈地说："民间修婚姻，不计官品而上阀阅。我家二百年天子，顾不及崔、卢耶？"

皇帝都被歧视，寒门子弟怎么混？

陇西李氏是历史悠久的名门，虽然被崔氏、卢氏、郑氏、王氏歧视，但除去这几家，还是没人敢小瞧陇西李氏的。李白打着"陇西李氏"的旗号，可以结交官场上的陇西李氏、赵郡李氏，这是一张很好的社交名片。

也许过上几十年几百年，李白身世的谜团会解开，也许永远解不开。历史时光，埋没多少真相。却也无妨，我们爱的是李白的诗歌。我们因李白的诗歌而爱李白，无论他是不是出身名门。

漫漫回归路

李白出生于公元701年,同年出生的还有大诗人王维。

这是个群星璀璨的时代。701年,四十多岁的贺知章已经考中状元;二十多岁的张九龄正准备参加进士考试;十四岁的王之涣还不知世事艰辛,正与一帮纨绔子弟尽情玩乐;十三岁的孟浩然在家读书练剑,雄心勃勃地想出仕为官;高适才两岁,还什么也不懂;崔颢、刘长卿、岑参,很快也要来到这个世界上。这是一支豪华明星联队,能够承包中国半部诗歌史。

此时,高高坐在皇位上的是女皇武则天,国号周。武则天已到生命的暮年,皇位传承的问题困扰着她。传位于她的儿子,便意味着她半生努力付诸流水;传位于她的侄子,便如狄仁杰所言,哪有侄子祭祀姑姑的?

时光在武则天蹙起的眉头间飞逝,转眼到了705年,武则天八十多岁,病势沉重让她对皇位的控制变弱,她的儿子李显在多方势力的推动下发动政变,迫使武则天退位。李显复辟,恢复国号唐。武则天的精神世界崩塌了,她迅速萎靡衰老,当年十一月就去世了。就在武则天退出政治舞台时,在远离帝国中心的西域,李白父亲带着妻儿家产踏上了漫漫东归路。

也许是他听到李唐恢复国号,认为改朝换代之际,逃回来最合适;也许是他得罪了人,为了逃避追杀,带着家人辗转数千里,奔向遥远而陌生的地方。

他回来的念头一定产生很久了,他很可能借着经商的机会考察过回归路线,他们走得很从容,能带的人、能带的东西都带着。他们很快在新的居住地安顿下来。他们没有因为这次迁徙而陷入困顿,也没有重新融入环境的困难。

马蹄嘚嘚,驼铃声声。清风轻拂,明月相伴。

他们看过多少日升月落,走过多少沙漠绿洲,终于来到玉门关。

玉门关在今甘肃敦煌西北,位于河西走廊最西端;阳关在敦煌市西南的古董滩附近,二者都是丝绸之路上的重要关隘。从内地去西域,或者从西域回内地,必经阳关或玉门关。出了阳关、玉门关,就是内地人说的西域。对生活在西域的内地人来说,阳关、玉门关,不是两个关隘,而是乡愁,是一个不灭的符号,是心中热腾腾的念想。

东汉的班超在西域三十多年,晚年思念家乡,他给皇帝上书:"臣不敢望到酒泉郡,但愿生入玉门关。"对三十多年没回故乡的班超来说，生前进入玉门关，而不是老死异域，他就很满足了。

大名鼎鼎的玉门关，其实很不起眼，黄土夯成的关墙，四野荒凉，孤城独立。对小李白来说，这座关隘没给他留下任何印象，在李白遗留的近千首诗歌中，只有寥寥几首提到玉门关，最有名的是《关山月》。

> 明月出天山，苍茫云海间。
> 长风几万里，吹度玉门关。
> 汉下白登道，胡窥青海湾。
> 由来征战地，不见有人还。
> 戍客望边色，思归多苦颜。
> 高楼当此夜，叹息未应闲。

《关山月》是乐府旧题，属横吹曲辞，是用鼓角在马上吹奏的乐曲。《乐府古题要解》云："《关山月》，伤离别也。"

李白擅长用乐府旧题写出新意。

这首诗像一幅从太空航拍的长画卷。最先映入我们眼帘的是从云海间涌起来的一轮明月，云海下面是静谧的祁连山。沉黑连绵的群山，苍茫的云海，一轮金色的明月，浩浩荡荡的长风；镜头拉远，玉门关出现在我们的视野之中；镜头继续拉远，一支汉朝军队在白登山与匈奴苦战。

镜头回转，掠过玉门关上空，转向西南，时空转换……胡人的兵马窥视着青海湾，只要唐代军队防备松懈，他们就会来抢占资源和地盘。

镜头拉近，一个特写：一位守边将士在月光下望着远方，他面容愁苦，脸上满是沧桑。

镜头切换：一名女子辗转难眠，踏着月光来到高楼上，向远方遥望，关河重重，重峦叠嶂，她看不到丈夫的身影，只有一声声叹息，消散在溶溶月色中。

李白的这首诗，由景及人，由古至今，由远及近，由边关到内地，由丈夫到妻子，一片月光串起无尽思念，背后是征戍之苦，国家、民族、个人的命运交叠在一起。

看似是一个"戍客"与他妻子的故事，实际上却是从汉到唐，从白登山到青海湾，无数"戍客"与他们的家人生死两别。"戍客"化为荒草间一堆枯骨，家人在漫漫思念中度过余生。

如李白在《战城南》中所写的战场与战争惨状：

去年战，桑乾源，今年战，葱河道。
洗兵条支海上波，放马天山雪中草。
万里长征战，三军尽衰老。
匈奴以杀戮为耕作，古来唯见白骨黄沙田。
秦家筑城避胡处，汉家还有烽火燃。

烽火燃不息，征战无已时。
野战格斗死，败马号鸣向天悲。
乌鸢啄人肠，衔飞上挂枯树枝。
士卒涂草莽，将军空尔为。
乃知兵者是凶器，圣人不得已而用之。

《关山月》的艺术魅力，是它看似什么都没说，细思却什么都说了，几十个字里，有无穷无尽的内容，无边无际的惆怅。

唐诗之中，唯有王昌龄的"秦时明月汉时关，万里长征人未还"和"青海长云暗雪山，孤城遥望玉门关"可与之相比。王昌龄的诗句更凝练，李白的诗句更细腻，更有画面感与音乐性。

李白此诗虽然写到玉门关，诗中的"玉门关"与"天山""白登""青海"却都是象征性的地理名词，在诗中一掠而过，主题是月下的征夫与思妇。想来是玉门关没有给少年李白留下深刻印象，他写不出细节吧。

小李白坐在驮筐里，跟着父亲往前走，他们从玉门关向东走了近两千里，来到了陇西郡。李客很激动，他从马背上回过头，对坐在驮筐里的儿子说："儿子，这里是陇西，这是咱们的郡望。你记住了，别人问我们是哪里人，我们就说是陇西人。汉朝的时候，这里出过一位大英雄李广，他射箭很厉害，一箭能射进石头里。"他给儿子比画了一个射箭的姿势，儿子也学着他比画了一下，父子两人都笑了。

李客说："可惜李广运气不好，一生没有封侯，不过他的后代很厉害，西凉王就是他的后代，我们是西凉王的后代，唐朝皇帝也是西凉王的后代。"

小李白说："爹爹，那我们也是李广的后代？"

李客说："是的，我们是李广的后代。"

小李白说："我记住了，我们是陇西人，我们是李广的后代，也是西凉王的后代，唐朝皇帝也是西凉王后代。"

父亲摸摸他的头说："是的，孩子。"

他们走过陇西郡，李客没有带着家人走向大唐国都长安，而是向西南走去。他们走了几百里，一座大山挡住去路。

"云横秦岭家何在？雪拥蓝关马不前。"

挡住他们去路的是秦岭。秦岭像一座屏障，挡住长安所在的关中地区南下的道路。韩愈被贬到潮州，过蓝关，走向东南。那些去巴蜀地区的人走的路比韩愈走的路还要难走上十倍，他们翻过一座座山，到汉中；再翻过一座座山，才能到巴蜀。

世上本没有路，走的人多了就成了路。几千年以来，在这深山里，无数人探索外出的路，有人摔死在悬崖绝壁下，有人迷路饿死在群山中，有人被毒蛇猛兽吞噬，不知多少人付出生命代价，才蹚出几条勉强可以通行的小路。

那些勇敢的石匠们在腰里拴上绳子，吊挂在悬崖绝壁间，用凿子一下一下凿出一个个坑洞，插上木棒，铺上木板，连成一条蛇一样盘旋在山腰的路。人走在上面，一手拉着马，一手扶着绝壁，向上看绝壁似要压下来，向下看深涧不见底，让人两腿发抖，心生寒意。

进入汉中有四条路，自西向东依次是陈仓道、褒斜道、傥骆道、子午道。时光久远，我们不知道李白一家走的哪条路，他们从西而来，很可能走陈仓道或褒斜道。陈仓道从陕西宝鸡陈仓开始，途中要翻过秦岭上的大散关。褒斜道是沿着褒河与斜河河谷走向的一条路，当年诸葛亮最后一次伐魏走的就是这条路，最终他病死在褒斜道尽头的五丈原。

李白一家又或许走的是另一条入蜀之道——祁山道。

祁山道很特别，它的出口在陇南，安史之乱的时候，杜甫沿着这条路逃到蜀中，诸葛亮"六出祁山"也发生在这里。走祁山道，中间要翻越祁山、青泥岭两座险峰。读过李白《蜀道难》的人会记得这几句诗："青泥何盘盘，百步九折萦岩峦。扪参历井仰胁息，以手抚膺坐长叹。"

《元和郡县志》卷二十二记载："青泥岭，在（兴州长举）县西北五十三里，接溪山东，即今通路也。悬崖万仞，上多云雨，行者屡逢泥淖，故号青泥岭。"

李白写的青泥岭与前面的玉门关不一样。玉门关没有细节，只是个符号。青泥岭有细节，有感受，要么李白走过这条路，要么李白的家人走过这条路,他们向李白绘声绘色讲过此处地形及翻越时的感受。

李白一家终于来到汉中,稍作歇息,他们还要翻越一座座山才能入蜀。

从汉中入蜀也有四条路。李白一家入蜀走的应该是金牛道。李白诗句"剑阁峥嵘而崔嵬"说的剑阁就在金牛道上。当年诸葛亮北伐,在大剑山与小剑山的中断处凿石架空为路,形成"一夫当关,万夫莫开"的剑门关,上面筑阁,谓之剑阁。

如果李白一家走祁山道,可以不走金牛道,而从阴平小道入蜀。阴平小道是三国时期邓艾灭蜀时,因为无法突破剑门关,只好从荒无人烟的群山中开辟出来的一条小路。

每条入蜀的路都充满艰难险阻,每条路上都有无数故事。

李客一家来到蜀中后,在剑南道绵州昌隆住了下来。这是个奇妙的地方,山川秀美,人文昌盛,既幽僻安静,又靠近交通要道,两条入蜀通道金牛道和阴平小道都在附近。沿金牛道南下,直达成都;沿金牛道北上,从陈仓道、褒斜道、子午道中的任何一条道出去,都可以直奔长安。走阴平小道,再走祁山道,出去就是今天的甘肃天水,继续向西,过玉门关,就是西域。

这里既与世隔绝,又四通八达。对于逃归内地的李客一家来说,这真是让人拍案叫绝的地方。这里,是今天的四川省江油市,是李白记忆开始的地方,是他诗里永远的故乡。

天才初现

///

我们每个人,既相近,又相远。相近的是我们的外形,相远的是我们的灵魂。有的灵魂在高空中跳舞,有的灵魂在淤泥里挣扎。

在命运的转盘上,李白摸到了一把不错的牌。他家中有钱,却不是富可敌国,若是富到那种程度,也许就经不了寒霜苦,成不了大诗人。他家中有文化氛围,却不是世代经学之家,所以李白不会掉进学问海洋里皓首穷经。他算不上帅哥,却很有神采;算不上壮汉,却有一副好体格,一生"五岳寻仙不辞远",跋山涉水不嫌累。

作为一位诗人,他的条件恰恰好。

关于李白,民间流传着很多传说。比如他的名字,按李白自己的说法,是他母亲梦见长庚星,因长庚星又名太白金星,故而给他取名为白,字太白。民间却有另外的说法,说是某年春天,李白家的庭院里百花盛开,李白的父亲李客站在庭院中,看着满庭春花，诗兴大发，吟道："春风送暖百花开，迎春绽金它先来。"吟到这里断弦，续不下去。他的夫人听到，沉吟片刻，续道"火烧杏林红霞落"，李夫人也续不下去了……只听他们年仅七岁的儿子朗声说道："李花怒放一树白。"李客夫妇拍手称赞。他们的儿子一直没有大名，李客就给儿子取名为李白，字太白。

这个传说荒谬好笑。李客夫妇几年都没给儿子取出一个好听的名字，该是愚钝到什么地步？李客夫妇吟的诗，一点灵气都没有。不是说李白父母写诗也要像李白一样好，而是哪怕他们的诗粗浅，也要有点灵气在里面，不是堆上七个字就叫一句诗。这是不会写诗又很想卖弄诗才的人写出来的诗。这首诗唯一的点睛之笔是那句"李花怒放一树白"，但这句与李白后来的诗句相比，还是失色。

好的诗句不是就景写景，而是有人有感情。整首诗里没有人，就像个拙劣的画家把一朵花按在纸上，按着花的边缘描了下来，只是花蕊点得生动些罢了。

夫妻对诗，在唐代很少出现。虽然唐代社会风气开放，女性地位高，但下层女性读不起书，上层女性忙社交，夫妻两人在家中对诗消遣，是少见的。这大约是半瓶醋文人想象出来的风雅生活吧。

在李白家乡，传说李白早年写了很多咏物诗，比如《咏萤火》：

雨打灯难灭，风吹色更明。
若非天上去，定作月边星。

又如《咏石牛》：

此石巍巍活像牛，埋藏是地数千秋。
风吹遍体无毛动，雨打浑身似汗流。
芳草齐眉难入口，牧童扳角不回头。
自来鼻上无绳索，天地为栏夜不收。

这些诗不一定是李白所写，但是很有童趣，有想象力，清浅可喜，很符合小孩子的年龄特色。

李白十几岁时还写了《初月》《雨后望月》《对雨》《晓晴》等诗作。

玉蟾离海上，白露湿花时。
云畔风生爪，沙头水浸眉。
乐哉弦管客，愁杀战征儿。
因绝西园赏，临风一咏诗。

——《初月》

四郊阴霭散,开户半蟾生。
万里舒霜合,一条江练横。
出时山眼白,高后海心明。
为惜如团扇,长吟到五更。

——《雨后望月》

卷帘聊举目,露湿草绵芊。
古岫藏云毳,空庭织碎烟。
水纹愁不起,风线重难牵。
尽日扶犁叟,往来江树前。

——《对雨》

野凉疏雨歇,春色遍萋萋。
鱼跃青池满,莺吟绿树低。
野花妆面湿,山草纽斜齐。
零落残云片,风吹挂竹溪。

——《晓晴》

  从这些诗句中,我们可以看出一位诗人的成长,以及他与生俱来的写诗天赋。

写诗真的需要天赋，没有天赋而喜欢写诗，只能写徒有诗之外形，没有诗之灵韵的句子。

李白这些咏物诗，形神兼备。对我们普通人来说，能写出这样的诗已经很好。不过，若一个人一生只写这样的诗，注定埋没枯草，不会有人记得。因为这样的诗，没有形成个人独有的色彩。而一位名留千古的诗人，他的诗必须有鲜明的个人特色，让人一看就知道这是他的诗，别人即使模仿也模仿不出神韵来。这些诗是李白未成年时的习作，足见他的天分之高。

人跟人的差距，何啻千里万里。不过只要是人，就会有个成长过程，哪怕是神童，也不是生来就会写诗，他也有一个由浅到深、由幼稚到成熟的过程。

文人写诗通常从咏物开始，然后写景、抒情，再往后脱离前人窠臼，自成一体。

我们熟知的小神童骆宾王就是七岁写出《咏鹅》，开始走上诗人的道路。这首诗语言通俗，近乎童谣，很符合小孩子专注于一事一物、词汇量不大的特点。他一路写下来，写到晚年。同样是咏物诗，但他晚年的《在狱咏蝉》与早年的《咏鹅》大相径庭，不再是对事物的简单描摹，而是寓情于物，由眼之所见到心之所思，深沉凝重。他的生命有了厚度，诗也有厚度了。

李白也是遵循着这个规律，从简单的咏物诗开始，随着年龄增长，小诗人不限于一事一物，而是满眼风光皆可入诗。他写景、抒怀，诗作初步具备成年人诗歌的特点，只是还有前人诗歌的痕迹。这是诗人成长路上必不可少的一环，迈过这个坎，一位天才诗人就诞生了。有朝一日他走出巴山蜀水，就会惊艳时光，惊艳世人。

李白在《上安州裴长史书》中说自己：

> 五岁诵六甲，十岁观百家。轩辕以来，颇得闻矣。常横经籍书，制作不倦，迄于今三十春矣。

五岁，李白一家刚刚在绵州安顿下来，李客就安排李白读书了。五岁的李白，读的是唐代儿童的启蒙读物"六甲"。

"六甲"是什么？有多种说法。李长之的《李白传》中说是道家书。清末学者王先谦在《汉书补注》中引顾炎武曰"六甲者，四时六十甲子之类"，又引清代诗人周寿昌曰"犹言学数干支也"。《汉书·食货志》中说"八岁入小学，学六甲五方书计之事"，《南史·隐逸传》写顾欢"父祖并为农夫，欢独好学，年六七岁，知推六甲"。

一个五岁的孩子不太可能去读道家的书，很可能是背诵人们用天干地支编的歌诀，学习天干地支的推算。这既锻炼孩子的记忆能力、推算能力，又能让孩子学到实用的学问。

《周礼》中说小孩八岁入小学，李白五岁就学"小学"的内容,比别的孩子启蒙时间早了三年。

十岁,很多孩子"六甲五方书计"还没弄明白,李白已经开始阅读诸子百家著作。李白的求知欲、理解力,都是惊人的。

十五岁,李白开始"观奇书",写难度更大的"赋"。

李白在《赠张相镐》中说自己"十五观奇书,作赋凌相如"。"奇书"是什么?从李白的生平经历来看,应该是道家、阴阳、纵横之类的书。

至于李白的赋是不是"凌相如",我们看看李白早年的《拟恨赋》便可知晓。

> 晨登太山,一望蒿里。松楸骨寒,宿草坟毁。浮生可嗟,大运同此。于是仆本壮夫,慷慨不歇,仰思前贤,饮恨而没。
>
> 昔如汉祖龙跃,群雄竞奔,提剑叱咤,指挥中原。东驰渤澥,西漂昆仑。断蛇奋旅,扫清国步,握瑶图而倏升,登紫坛而雄顾。一朝长辞,天下缟素。
>
> 若乃项王虎斗,白日争辉。拔山力尽,盖世心违。闻楚歌之四合,知汉卒之重围。帐中剑舞,泣挫雄威。骓兮不逝,喑哑何归?
>
> 至如荆卿入秦,直度易水。长虹贯日,寒风飒起。远仇始皇,拟报太子。奇谋不成,愤惋而死。
>
> 若夫陈后失宠,长门掩扉。日冷金殿,霜凄锦衣。春草罢

绿,秋萤乱飞。恨桃李之委绝,思君王之有违。

　　昔者屈原既放,迁于湘流。心死旧楚,魂飞长楸。听江枫之袅袅,闻岭狖之啾啾。永埋骨于渌水,怨怀王之不收。

　　……………

　　这篇赋模仿南朝文学家江淹的《恨赋》,虽然写得不错,但与司马相如的赋相比,还是有距离的,放在今天,不过是一篇优秀的中学生作文。

　　在别的诗中,李白说自己"十五游神仙,仙游未曾歇""十五好剑术,遍干诸侯"。这个"十五",不一定是整十五岁,而是十五岁左右。十五岁左右的李白不屑于观百家,而是观奇书、好剑术、游神仙,德智体全面发展,忙得不亦乐乎。

　　但真实的李白,未必如他诗文中展示的那样轻松自如,自带仙气。

　　诗歌的高度抽象化,让它很难分寸恰当地展示一个人的真实世界,美化、夸张、省略、隐瞒,这是人之常情,亦是诗人之惯用手法。

　　《李太白全集》记载着这样一件事:

　　　　白微时,募县小吏。入令卧内,尝驱牛经堂下,令妻怒,将加诘责,白亟以诗谢云:素面倚栏钩,娇声出外头。若非是织女，何得问牵牛。

李白被招募到县里当小吏。有一天，他从大堂下赶着牛经过，县令的妻子大怒，呵斥李白，机智的李白连忙吟了一首诗，借用牛郎织女的故事，恭维县令之妻，意思是县令之妻一定是织女下凡，要不怎么会引来牛呢。

《李太白全集》中还记载，有一天山上发生山火，县令吟道："野火烧山去，人归火不归。"吟到这里卡住，李白接上说："焰随红日去，烟逐暮云飞。"

又一回河里发大水，县令去看涨水，看到一个女子溺死水中，便吟道："二八谁家女，漂来倚岸芦。鸟窥眉上翠，鱼弄口旁珠。"念到这里又卡住，李白续道："绿鬓随波散，红颜逐浪无。因何逢伍相，应是想秋胡。"

李白这时的诗歌已经初步显现天分。一是才思敏捷，出口成诗；二是有画面感，细节描摹精细入微；三是富有联想力，能够由此及彼，把有相似性的事物联系起来；四是色彩饱和，富有层次；五是有故事性。

李白家乡附近的小匡山上，有一块宋碑，碑文云："唐第七主玄宗朝翰林学士李白，字太白，少为当县小吏，后止此山，读书于乔松滴翠之坪有十载。"

李白二十五岁出蜀漫游，上推"十载"，李白最迟十五岁在小匡山读书，他当小吏最迟应当在十五岁。李白很可能是在县衙当文书。他年龄虽小，但诗文俱佳，当个小文书是没问题的。

　　李白不甘心在县衙做一辈子小吏，新鲜感过去，他辞职回家，继续读书去了。读书改变命运，古今皆然。李白想通过读书，到一个更广阔的世界里去。

已将书剑许明时

　　李白读书的地方,后人称为"李白读书台"。这是座小山,高二百米左右,形状似筐,"筐"与"匡"同音,所以人们称之为匡山。又有一种说法是此山"高耸亭亭,形如匡字",故名匡山。

　　匡山有小匡山、大匡山。人们称李白的读书台是小匡山,又名小康山。同治时期《彰明县志》载:

> 小匡山(彰明)县西三十里。亦名读书台。孤峰秀拔,宛如文笔。李白尝读书于此。

　　传说李白读书勤奋,经常挑灯夜读,人们整夜都能见到山上的灯光,故名点灯山。李白成为翰林待诏,家乡人们深以为荣,又称此山为翰林山。

　　小匡山往后,有大匡山,又名大康山。大匡山上有座唐朝初年建的寺院，皇帝御赐为中和大明寺，也是李白读书处。北宋熙宁元年的碑《敕赐中和大明寺住持记》云：

> 太白旧山，大明古寺靠戴天之山……昔贞观中，始祖师法云，不知姓氏，号长眉僧……卜基创止宅……唐第七主玄宗朝，翰林学士李白字太白，少为当县小吏，后止此山，读书于乔松滴翠之平有十载。

名人遗迹，很多是附会。但匡山李白读书处并非附会，有李白好友杜甫的诗为证。安史之乱时期，杜甫从甘肃逃往蜀中，经过李白家乡，听说那就是李白少年时读书的匡山，杜甫对李白的思念之情如黄河之水滔滔而起，于是他吟诗《不见》一首：

> 不见李生久，佯狂真可哀。
> 世人皆欲杀，吾意独怜才。
> 敏捷诗千首，飘零酒一杯。
> 匡山读书处，头白好归来。

那时李白卷入永王李璘事件被流放夜郎（今贵州西部），杜甫希望李白能够平安，希望这个游子在厌倦漂泊后回到故乡，在他少年时读书的匡山上，一卷书，一盏灯，一壑松风，平静而安宁地度过余生。杜甫不知李白已经遇赦，更不知李白的生命即将走到尽头。不久以后，李白在安徽当涂去世，遗骨埋在当涂青山下。

这个游子，二十五岁离开故乡，再未回去。只有大匡山、小匡山上的灯光、月色、竹林、山花，在召唤游子魂兮归来。

五代时的杜光庭凭吊李白读书台，他写道：

山中犹有读书台，风扫晴岚画障开。
华月冰壶依旧在，青莲居士几时来。

杜光庭是学者，亦是道友，与同样信奉道教的李白隔着时空惺惺相惜，他多么希望穿过时空，见到他顶礼膜拜的诗人，一同谈诗论道。有斯人在，吾道不孤。而今，山犹在，月犹在，读书台犹在，只有那人，乘鲸而去，永不归来。

李白一家定居的四川省，在地理上是一个奇妙的地区。它四面高山环绕，山雄奇，水青碧；中间是富饶的平原，沟渠纵横，沃野千里，人们称之为"天府之国"。高山把它阻隔为一个独立区域，外界的动荡经过高山的减震才传入四川，总是比外界慢半拍，力度也减半。经常是外面乱成一团，四川还安然无恙。要了唐王朝半条命的安史之乱，就对四川毫无影响。

生活在四川盆地的人们，闲适、乐观、知足、健谈。虽然唐代四川人民的生活与今天不尽相同，但人们乐观、健谈的天性和今天并无多大区别。

　　自幼生长在四川的李白,骨子里浸染了四川人的乐观、健谈、热爱生活。他是个无可救药的乐天派,晚年卷入永王李璘事件,被关入大牢,差点丧命;经亲友搭救,流放夜郎;路上听到被赦免的消息,当即阴云散去,高兴得像个孩子,手舞足蹈地坐上船就回去了。李白的健谈也很有名,如果开辩论会,没几人辩得过他。

　　四川是道教的重要发源地之一,道教思想深刻影响着中国人的心性。道教不以人世为苦,也不向往彼岸与来生,而是认为一个人应当顺应天道,内修外炼,让生命无限延长,直至成为长生不老的神仙。道教奉老子为祖师,唐代的皇帝因为老子姓李的缘故,特别推崇道教。在唐代,道教是国教。

　　两汉之际传入中国的佛教,也对中国人的心性产生了深刻影响。在四川的明山秀水之间,有很多佛教名山,四川峨眉山就是佛教四大名山之一。

　　但对李白来说,洋溢着生命乐观主义精神的道教更符合他的性格。早在少年时期,李白就对道教产生了浓厚的兴趣。

　　在大匡山后的戴天山上,住着一位道士。春天一个微雨的早晨,李白踏着满山的雾气,到戴天山上寻访那位道士。一路上流水潺潺,远远传来狗吠之声,身边的桃花带着雨珠开得正艳。中午,终于快到道士居所了,密林中鹿的影子一闪而过,却听不到道士敲钟的声音。道士去了哪里呢？李白向远处望去，只见竹林上缠绕着青色的烟雾，一道清泉从山峰上飞流而下。李白倚在松树上陷入迷惘之中。

《访戴天山道士不遇》就是以此经历而作。

> 犬吠水声中，桃花带露浓。
> 树深时见鹿，溪午不闻钟。
> 野竹分青霭，飞泉挂碧峰。
> 无人知所去，愁倚两三松。

这首诗写于李白二十岁以前，与其后期的诗歌相比，还不够成熟大气，但是已经隐隐有大家风范。

历来人们对这首诗评价很高。《唐诗选脉会通评林》评此诗："起联仙境，三、四极幽野之致，通为秀骨玉映，丰神绝胜。"《唐诗评选》评此诗："全不添入情事，只抓死'不遇'二字作，愈死愈活。"

这首诗初看文不对题，题为《访戴天山道士不遇》，却"无一字说道士，无一句说不遇，却句句是不遇，句句是访道士不遇"（《诗筏》）。这首诗，妙就妙在不切题。

远远的狗吠与灼灼的桃花，让我们知道山的深处有家。临近中午，离道观越近，越悄无声息。鹿是非常警觉的动物，却在深林中出没。应该敲钟的时候寂寂无声。这些都在暗示道士不在观里。道士去哪里了呢？李白四野一望，只见烟雨茫茫，竹林高入云际，树丛密不见人，飞泉挂在碧峰上。

是继续等道士，还是下山去？等他等到何时？他下午不回，自己不能在山上过夜吧？若自己刚刚下山，道士就回来，岂不是错过？此处幽僻而路远，如若错过，再来一次未必能寻到道士。

如此一想，我们也要迷惘起来了。

李白虽然天资过人，也不是完全自学成才，而是拜了一些老师，最有名的老师是赵蕤。

赵蕤，与李白并称为"蜀中二杰"，有"赵蕤术数，李白文章"之说。郭沫若认为，李白《上安州裴长史书》中提到的"东严子"就是赵蕤，两人的事迹非常重合，应该是一个人。

赵蕤是汉代易学大师赵宾的后人，他博学多才，诸子百家学说都有涉猎，喜欢经世之学、帝王之术。然而生逢盛世，天下大势已定，政治有序运转，谋略学用处不大，赵蕤只是在理论上钻研，没能把他的思想付于实践。

赵蕤晚年著成《长短经》一书。《长短经》又名《反经》，共十卷，六十三篇。该书集儒、道、法、兵、阴阳、纵横等家思想之大成，是一部政治历史谋略学著作，被人们称为"小《资治通鉴》"，是唐宋以后帝王的参考书之一。

李白跟着赵蕤在山中住了几年，赵蕤给他讲诸子百家，历代帝王为政得失，他的博学多才让李白非常佩服。

赵蕤与李白养了几千只奇禽，他俩一声呼唤，禽鸟便落到他们手上啄食。这件事传到地方官耳朵里，地方官感到惊奇，亲自来山中参观，并推荐赵蕤与李白参加有道科考试，但赵蕤和李白没有答应。

赵蕤对李白影响很大。

史载赵蕤"任侠有气"，李白一生也以侠客自居，且看李白写的这首《侠客行》：

> 赵客缦胡缨，吴钩霜雪明。银鞍照白马，飒沓如流星。
> 十步杀一人，千里不留行。事了拂衣去，深藏身与名。
> 闲过信陵饮，脱剑膝前横。将炙啖朱亥，持觞劝侯嬴。
> 三杯吐然诺，五岳倒为轻。眼花耳热后，意气素霓生。
> 救赵挥金槌，邯郸先震惊。千秋二壮士，烜赫大梁城。
> 纵死侠骨香，不惭世上英。谁能书阁下，白首《太玄经》。

"十步杀一人，千里不留行"，李白笔下的侠客，比金庸笔下的大侠还潇洒。李白写的这个侠客，未尝不是那个理想化的自己。

李白的政治思想也源于赵蕤。平民出身的李白不知政治的凶险与政务的烦琐，他以为有美好的愿望就会达到美好的目的。赵蕤传授的帝王纵横之术助长了他的自信，他以为自己对历代帝王施政得失都心中有数，只要遇上一位明君，自己就会成为一位使天下清平的伟大政治家；待功成名就以后，他就退出权力中心，载酒江湖，实现一介平民到伟大政治家再到隐士的完美转型。

殊不知世间哪有如此完美之事。

赵蕤虽然理论强大，但他一生隐居深山，未曾出仕，他的理论没有经过实践的检验，有很多纸上谈兵的成分。对那些有社会实践经验的人来说，赵蕤的理论可以补足他们理论上的短板；对没有社会实践经验的人来说，理论要落到现实中开花，需要有一个漫长的取舍过程。

李白不想在深山老林里待一辈子，他要出去见见世面，向名人推荐自己，实现"使寰区大定，海县清一"的伟大梦想。

> 晓峰如画参差碧，藤影摇风拂槛垂。
> 野径来多将犬伴，人间归晚带樵随。
> 看云客倚啼猿树，洗钵僧临失鹤池。
> 莫怪无心恋清境，已将书剑许明时。

《别匡山》中最后两句是李白的内心自白。李白爱碧水青山，但他更想在尘世中建功立业。

丈夫未可轻年少

公元720年，李白二十岁。与他同龄的另一位天才王维已经在玉真公主的帮助下考中进士。这样的荣耀，注定与李白无缘。

科举考试是政府官员的选拔考试，先要进行资格审查，考生要如实上报自己的"郡县乡里名籍""父祖官名"。李白一家侨居巴西郡，他父亲和祖父从事"商贾"这样的"贱业"，还是罪人之后。资格审查这一关，他就过不去。

好在唐朝除了科举，还有举荐，他还可以走举荐的路子。

二十岁的李白走出山林，来到巴蜀地区最大的城市——成都。成都从西汉开始便人才辈出，更是个文化名人集中的地方。李白崇拜的司马相如就是成都人。最初，是李白父亲崇拜司马相如，在李白还是个孩子时，他就让李白背诵司马相如的《子虚赋》。

《子虚赋》是司马相如的代表作，写的是梁王的随从子虚先生奉命出使齐国，遇到齐国的乌有先生，两人对坐吹牛。子虚先生极尽铺排、夸张之能事,把梁王封邑之广、梁国物产之丰富、梁王打猎时场面之宏大、梁王后宫里的美女之多,用最华美的语言夸了一遍。乌有先生听后,严厉批评子虚先生不宣扬梁王美德,而是宣扬梁王的奢侈生活,之后乌有先生也含蓄地把齐国疆域之广阔、物产之丰饶夸了一遍。

《子虚赋》是一篇大赋,一个成年人背诵都不容易,很难想象一个小孩子是怎样背下来的。

难啃的诗文往往营养丰富,咬牙啃下来,可以受益终生。

李白从此对司马相如笔下的云梦泽心向往之,像有一只小手不时地挠他,挠得他心里痒痒的,恨不能长出一对翅膀,飞到司马相如笔下的云梦泽去看看。李白在他的文中写道:

> 余小时,大人令诵《子虚赋》,私心慕之。及长,南游云梦,览七泽之壮观。
>
> ——《秋于敬亭送从侄耑游庐山序》

李白不仅向往司马相如笔下的云梦泽,还向往司马相如的人生。

司马相如是西汉文坛的传奇人物,从小喜欢练剑,喜欢作赋,又帅又有才。司马相如二十岁时,自备路费到皇宫里当了一名郎官。汉景帝的弟弟梁王刘武进京朝见皇帝,有很多辞赋名家随行。司马相如见了怦然心动,于是他辞去职务,跑到梁王那里去了。梁王去世以后,司马相如失去依附,只好回到家乡。后来他在巴蜀巨商卓王孙家的宴会上,以一曲《凤求凰》,拨动了卓王孙女儿卓文君的心弦,卓文君跟着司马相如私奔,两人无以为生,只好开了个小酒馆,司马相如跑堂,卓文君当垆卖酒。卓王孙怕丢面子,只好分给他们"僮仆百人,钱百万",还有卓文君的嫁妆。司马相如于是成为一位富翁。

汉武帝喜欢文学,有一天他读到《子虚赋》,非常喜欢,感叹道:"可惜我与此人不生于一个时代。"他身边的狗监杨得意奏道:"此人是我的同乡司马相如。"

于是司马相如被汉武帝召入京中,他随后写了著名的《上林赋》,汉武帝读后大悦。后来汉武帝开通西南夷,司马相如作为天子使者到达蜀郡,蜀郡太守亲自出城迎接,县令背着弓箭在前面开路。卓王孙为女儿慧眼识珠攀上佳婿而自豪,又分给他们一大笔财产。

李白崇拜司马相如,首先是仰慕司马相如的才华。任何人,只要读过司马相如那几篇大赋,都会产生这样的疑问:这是人写的吗?别的不说,单是词汇量与想象力,就超出我们的认知范围。西汉学者扬雄称赞司马相如:"长卿不似从人间来,其神化所至邪?"

扬雄对司马相如"不似从人间来"的赞美与贺知章对李白

"谪仙子"的赞美如出一辙,都认为他们是天神下凡,凡世之人达不到他们的层次。

对李白来说,司马相如给他提供了一个可以借鉴的模板:一个中产阶层的孩子,凭着一身才华,一点运气,也可以娶上巨商之女,成为皇帝宠臣,一赋千金,名留青史。

司马相如于李白是一个励志范本,李白一生都想复制粘贴司马相如的人生模式。李白在成都游历期间,写了一首以司马相如与卓文君的爱情故事为题材的《白头吟》。

> 锦水东流碧,波荡双鸳鸯。雄巢汉宫树,雌弄秦草芳。
> 相如去蜀谒武帝,赤车驷马生辉光。
> 一朝再览大人作,万乘忽欲凌云翔。
> 闻道阿娇失恩宠,千金买赋要君王。
> 相如不忆贫贱日,位高金多聘私室。
> 茂陵姝子皆见求,文君欢爱从此毕。
> 泪如双泉水,行堕紫罗襟。五更鸡三唱,清晨《白头吟》。
> 长吁不整绿云鬓,仰诉青天哀怨深。
> 城崩杞梁妻,谁道土无心。
> 东流不作西归水,落花辞枝羞故林。
> 头上玉燕钗,是妾嫁时物。赠君表相思,罗袖幸时拂。
> 莫卷龙须席,从他生网丝。且留琥珀枕,还有梦来时。

鹔鹴裘在锦屏上，自君一挂无由披。

妾有秦楼镜，照心胜照井。愿持照新人，双对可怜影。

覆水却收不满杯，相如还谢文君回。

古来得意不相负，只今惟有青陵台。

这是司马相如与卓文君故事的后续：一晃多年，卓文君老了，皱纹爬上她的眼角，白发爬上她的鬓边。司马相如见卓文君人老珠黄，想迎娶年少美貌的茂陵女子为妾，卓文君作《白头吟》与司马相如诀别，司马相如读后感动，放弃了纳妾的想法。

李白的《白头吟》借用乐府旧题，写卓文君与司马相如诀别，中间穿插着陈阿娇"千金纵买相如赋"的故事，暗示薄情本是人间常事，轰轰烈烈的爱情也经不起时光的消磨。

在成都期间，李白游览成都著名的散花楼，写下《登锦城散花楼》。

日照锦城头，朝光散花楼。

金窗夹绣户，珠箔悬银钩。

飞梯绿云中，极目散我忧。

暮雨向三峡，春江绕双流。

今来一登望，如上九天游。

这首诗由朝到暮、由近及远，所写事物如"日照""朝光""金窗""绣户""珠箔""银钩""绿云""春江"无不色彩绚丽，流光溢彩。这首诗与前面的《白头吟》还有六朝诗体设色华丽之遗风，但是境界高远，呈现出李白个人独有的风格。

李白这次来成都，是想向几个大人物推荐自己。他去拜访了益州长史苏颋。

苏颋是唐朝名臣，从小聪明过人，千字之文，过目成诵。李峤夸他"文思如泉涌"，他在处理公文时从不打草稿，一边翻阅一边口述意见，书写小吏累得手腕几乎脱臼，只好哀求他说慢一点。

苏颋与张说齐名。张说封燕国公，苏颋袭封许国公，时人将他们并称为"燕许大手笔"。苏颋与张说都不喜欢陈、隋以来的浮丽文风，主张"崇雅黜浮"，讲究实用，重视风骨。

苏颋是一位德高望重的大人物，李白一家在官府里没有人脉，怎么见苏颋？思来想去，李白决定在苏颋出巡的路上拦住苏颋，呈上自己的诗文。这个做法很幼稚，却也说明李白很自信，相信他的诗文会打动这位大人物的心。而苏颋看了李白的诗文果然大加赞赏，他跟群僚说："此子天才英丽，下笔不休，虽风力未成，且见专车之骨。若广之以学，可以相如比肩也。"

不得不说，苏颋这个评价很准确。

我们不知道李白向苏颋展示的是哪些诗文,但纵观李白早期的诗文,虽然不够老到,仍是当得起"天才英丽"四字,所以苏颋相信假以时日,李白会成为司马相如那样的文章大家。

苏颋许诺有机会就推荐李白,不知他是没有寻到合适的机会,还是另有缘故,李白没有等来他的推荐,但他对李白的赞美让李白牢记一生。一个初出茅庐的少年得到苏颋这样的大人物的肯定,这让李白增添了很多自信。

后来李白离开成都,去渝州拜访渝州刺史李邕。

李邕是一位书法大家,诗文、书法俱佳。史载"邕素负美名,频被贬斥,皆以邕能文养士"。李邕热情、慷慨,但傲慢、直性子,他看到李白不拘礼节,夸夸其谈,很不喜欢。

李白受到李邕冷遇,愤愤地写了首《上李邕》。

> 大鹏一日同风起,抟摇直上九万里。
> 假令风歇时下来,犹能簸却沧溟水。
> 世人见我恒殊调,闻余大言皆冷笑。
> 宣父犹能畏后生,丈夫未可轻年少。

这是李白诗文中第一次出现"大鹏"这个意象。

"大鹏"是传说中的神鸟,《庄子·逍遥游》:"北冥有鱼,其名为鲲。鲲之大,不知其几千里也。化而为鸟,其名为鹏。鹏之背，不知其几千里也。怒而飞，其翼若垂天之云……水击三千里，抟扶摇而上者九万里……绝云气，负青天，然后图南……"

庄子以他汪洋恣肆的想象力，赋予大鹏以神奇的魅力。大鹏体形大到几千里，入水为鲲，上天为鹏，带着无穷无尽的力量，是自由意志的象征，是庄子心中那个自由的"我"。

"宣父"是孔子。"宣父畏后生"出自《论语·子罕》："子曰：后生可畏，焉知来者之不如今也？"孔子还说后生可畏呢，您怎么敢轻视我？我们虽然年少稚嫩，可是还有漫长未来，我们是会成长的，焉知我们将来不会成为扶摇直上的大鹏鸟？

李白拜见了两位地方长官兼文化名人，没能实现被他们引荐出仕的愿望，只好寄情于山水，登上他向往很久的峨眉山，写下诗篇《登峨眉山》。

蜀国多仙山，峨眉邈难匹。周流试登览，绝怪安可息？
青冥倚天开，彩错疑画出。泠然紫霞赏，果得锦囊术。
云间吟琼箫，石上弄宝瑟。平生有微尚，欢笑自此毕。
烟容如在颜，尘累忽相失。倘逢骑羊子，携手凌白日。

峨眉山位于四川省西南部，因两山相对，望之如峨眉而得名。《峨眉郡志》称此山"云鬟凝翠，鬓黛遥妆，真如螓首蛾眉,细而长,美而艳也,故名峨眉山"。峨眉山山势陡峭,风景秀丽,素有"峨眉天下秀"之美誉。

李白一路向上攀登,沿途欣赏山中美景,只见山中云雾缭绕,山峰直插云霄,仿佛仙境一般。山中美景,让李白忘记尘世烦忧,又勾起他的求仙问道之心。

李白思想芜杂,总体以儒、道为主,他想济苍生、安社稷,尘世的喧嚣烦扰、钩心斗角,却让他不胜其烦。他向往山中的清幽,红花、绿树、清泉、流水是那么自在。李白天生爱山、爱水、爱自然,是大自然的孩子。

李白在峨眉山,认识了他一生最重要的朋友元丹丘。

"岑夫子,丹丘生,将进酒,杯莫停。"李白诗《将进酒》中的"丹丘生"就是元丹丘。元丹丘是一个道教徒,也是一位隐士,他与李白的友情长达几十年,李白写给他的诗歌多达十四首,李白的小迷弟杜甫都没享受过这样的待遇。元丹丘对李白一生影响很大,由他介绍,李白才认识了唐玄宗的妹妹玉真公主。

冬天的时候,李白又回到匡山。走的时候春花怒放、绿叶初萌,归来时万木萧条、寒气笼罩。李白住的地方,屋外小径上生了青苔,院中落叶堆积,打开门的一瞬间,几只老鼠哧溜从床上跑过去。李白心中无限感慨,写了首《冬日归旧山》。

未洗染尘缨,归来芳草平。一条藤径绿,万点雪峰晴。

地冷叶先尽，谷寒云不行。嫩篁侵舍密，古树倒江横。
白犬离村吠，苍苔壁上生。穿厨孤雉过，临屋旧猿鸣。
木落禽巢在，篱疏兽路成。拂床苍鼠走，倒箧素鱼惊。
洗砚修良策，敲松拟素贞。此时重一去，去合到三清。

诗中一片凄凉破败景象。但仔细一看，李白也未沉沦，他还想着"洗砚修良策，敲松拟素贞"。李白才二十岁，大好时光在后面，他无须气馁。

·第二章·

安陆：我的心在远方

仗剑去国,辞亲远游

　　这十几年,李白的日子过得如风清月白。李白有一半时间在山上读书、练剑,另一半时间与东严子一起驯鸟,日子缓慢而悠然,陪伴他的只有风啸鸟鸣,只见日升月落、花开花谢。

　　而在遥远的长安城,政局很不稳定,刮起好几场血雨腥风。李白五岁时,武则天的儿子李显发动政变,把武则天赶下台,李显继位,是为唐中宗,唐朝从此进入后武则天时代。

　　一位政治强人下台以后,产生的影响不会一下子消失,而有一个缓慢的消退过程。这个过程往往伴随着政坛的动荡不安。

　　强人过于强势的性格与强硬的手段不允许任何威胁其权力的人存在。他死后,如果没有一个与他的威望和能力相当的人掌控大局,就会出现各方势力争夺他遗留的权力的情况。

　　李显的性格显然够不上强势,曾经听到母亲派人来视察,就吓得要自杀。幸亏妻子韦皇后内心强大,给他打气壮胆,他才战战兢兢地活了下来,直到他发动政变当上皇帝。可是李显当皇帝后没几年就死了，据说是被妻子韦皇后与女儿安乐公主毒死的。

之后武则天的小女儿太平公主和侄儿李隆基联合发动政变，杀死韦皇后与安乐公主，让李隆基之父李旦继位，是为唐睿宗。

李旦当了两年皇帝，让位于儿子李隆基。太平公主见李隆基不好控制，企图废掉李隆基另立一位皇帝；李隆基抢先下手，把太平公主及其党羽诛灭。李隆基巩固了帝位，也结束了玄武门之变以来唐朝连续不断的宫廷政变，从此唐朝进入一个相对稳定的时期。李隆基就是唐玄宗，他是唐朝在位时间最久的皇帝——当了四十四年皇帝，六年太上皇。他前半生的励精图治带来了开元盛世的局面，后半生耽于享乐引发安史之乱，导致唐朝从繁荣走向衰败。

李白活了六十二岁，有四十四年生活在唐玄宗统治时期。李白的一生与唐玄宗的一生密切关联。唐玄宗开创了唐朝的盛世局面，天下太平，让李白可以无忧无虑地到处走。唐玄宗走向昏聩的时候，李白在长安皇宫里遇见唐玄宗。他戏弄过唐玄宗的老伙伴高力士，给唐玄宗宠爱的杨贵妃写过赞美诗。唐玄宗爱李白之才，但无法忍受李白不羁的性格；李白对唐玄宗没有重用他不满，却感激唐玄宗对他的厚爱。唐玄宗对李白，李白对唐玄宗，感情都是复杂的。

最后，他们分开，他在他的庙堂，他去他的江湖，续写各自的人生。又在同一年，他们两个落寞去世。

李白是大自然的孩子，属于天和地，他不想在一个地方永远待下去，哪怕是他的家乡。李白深受道家思想影响，总想在名山大川之中寻仙问道；他也深受儒家文化影响，抱着积极入世的念头，想出去结交一些人，请他们把自己推荐给朝廷，实现他建设清平世界的梦想。

不论哪种理想，都支配着李白往外走。于是他辞别亲人，带上一把宝剑、一身行囊，踏上了出蜀之路。李白从此开始了长达三十多年的漫游生涯。

唐代文人大都喜欢漫游。在科举制没有完善的时候，那些有才华、有能力、不想老死故乡的人，只能出去寻找机会。唐朝人爱写诗，事无巨细都喜欢写在诗中，一边漫游一边以诗文会友。他们的诗还写得特别好，跨越千年流传到今天。"与君离别意，同是宦游人""劝君更尽一杯酒，西出阳关无故人""莫愁前路无知己，天下谁人不识君""寒雨连江夜入吴，平明送客楚山孤"，都是我们耳熟能详的，让我们感觉唐朝人不是在离别，就是在离别的路上。

唐朝疆域辽阔，在那个乘车、骑马、步行的时代，十年八年走不完。唐朝以攻代守的边防策略，让其在西域拥有辽阔疆域，很多文人以幕僚身份投身边疆，西域截然不同的风光，催生出唐诗一个特有种类——边塞诗。

唐代文人不是手无缚鸡之力的文弱书生，他们骑马、击剑样样在行。李白出蜀的时候，就随身带着一把宝剑。

李白先去了成都，小住几天后，又去了峨眉山。相比前一次登峨眉山，这次李白的心情平静了很多。峨眉山依然山色青葱，眉峰如黛，李白却没有太多的感慨。他的心在远方，路在远方，此处不过偶一驻足之地。

李白从峨眉山上下来，坐上船，沿着平羌江向下游驶去。江水哗哗流淌，如同时光流逝。转眼日头沉到山下，半轮明月升起来，江面变得暗沉了，波纹洒着粼粼的光，如同无数银鱼在水面上跃动。夜空澄澈而宁静，像一块大水晶，透明而深邃。青色的天幕下，峨眉山的轮廓清晰可见，像美女的眉；山顶上的半轮明月，像美女额上的夜明珠。月衬得山妩媚，山衬得月娴静。

小船经过平羌小三峡，到达平羌下游的清溪驿。李白在清溪驿再次坐上船，向着三峡方向行去。出三峡，就真正远离故乡了。故乡的山，故乡的水，故乡的月光，只能在梦里回顾。李白多想在渝州，再看一眼故乡的月。

> 峨眉山月半轮秋，影入平羌江水流。
> 夜发清溪向三峡，思君不见下渝州。

这首《峨眉山月歌》是李白创作的依恋家乡山水的诗，向来为人们所称道，四句连用五个地名，峨眉山——平羌——清溪——三峡——渝州，渐次展开的是一幅千里蜀江行旅图，毫无人工斧凿痕迹。五个地名随意拈来，却不是毫无关联。

李白早年诗歌未脱陈梁旧习，有点华而不实。洗去陈梁旧习，形成洗练流畅、豪迈洒脱的个人风格，大致上是从这首诗开始的。

李白喜欢写月，擅长写月，月在他笔下变幻多端，有时无言照千秋，有时与人顾盼相交流。有人说月亮给了中国诗人一半的灵感，这话落在别人身上也许不合适，但落在李白身上再合适不过。

李白诗歌的一个特点是富有动势，在这首诗中也有所体现。五个地名本是固定的，加入"流""发""下"几个动词，五个地点如同五个坐标点，船头如箭头，从一个地点射向另一个地点，载着游子的身影，越来越远。

这首诗的高明之处是只描述了李白怎样坐船离开故乡，他的复杂心情一字未写。李白只是给我们剪辑了几帧画面，个中滋味让我们自己去体会。好的诗歌在情感上是开放的，读者可以与作者共鸣、互动。这样的诗，是作者的，也是读者的。读者感觉自己不是局外人，他们可以走进诗里，是诗中情感的参与者。

李白到达渝州，也就是今天的重庆，古代属巴郡。虽然四川统称巴蜀，但其实巴郡与蜀郡风光各不相同。

出渝州，就进入长江三峡。长江三峡是瞿塘峡、巫峡和西陵峡的总称，西起重庆奉节白帝城，东至湖北宜昌南津关，全长约二百公里，是长江上最凶险也是风景最美的一段。

三峡的美丽风光，郦道元在《水经注》中做过描述。

自三峡七百里中，两岸连山，略无阙处。重岩叠嶂，隐天蔽日。自非亭午夜分，不见曦月。至于夏水襄陵，沿溯阻绝。或王命急宣，有时朝发白帝，暮至江陵，其间千二百里，虽乘奔御风，不以疾也。……每至晴初霜旦，林寒涧肃，常有高猿长啸，属引凄异，空谷传响，哀转久绝。故渔者歌曰："巴东三峡巫峡长，猿鸣三声泪沾裳！"

重庆又称山城，群山连绵，长江水从青藏高原奔流而下，在重庆以东的群山之中冲出一道窄窄的河道，两岸悬崖峭壁，遮天蔽日。船只行驶在江面上，像是行驶在无边无际的黄昏中，只有中午或半夜的时候，才能看到阳光或月光洒在高高的山顶。

夏天江水暴涨，汹涌的江水流过窄窄的三峡江面，如同万马奔腾，快得如飞矢一般，有时候早上才从重庆白帝城出发，晚上就到达下游的江陵，堪比水上高速公路。

在巴山巴水间，生活着一群水性最好也最有冒险精神的弄潮儿。他们身轻如燕，驾着小船顺流而下，一路上与漩涡礁石相周旋，向死而生。

李白在渝州看到巴女到江边给丈夫送行，巴女依依不舍，刚想问丈夫何时回，丈夫已经跳上船，飞一样驾船而去。

巴水急如箭，巴船去若飞。
十月三千里，郎行几岁归。

这首《巴女词》深受巴渝民歌的影响。比李白小几十岁的刘禹锡说巴渝民歌："聆其音，中黄钟之羽，其卒章激讦如吴声，虽伧伫不可分，而含思宛转，有《淇奥》之艳。"刘禹锡模仿巴渝民歌写过多首《竹枝词》，我们最熟悉的应当是《竹枝词二首·其一》。

杨柳青青江水平，闻郎江上唱歌声。
东边日出西边雨，道是无晴却有晴。

李白的诗歌看上去天马行空，无拘无束，口一张，便吐出锦绣文章，实际上他的诗歌并非无源之水、无本之木。

李白读书从诸子百家开始，学诗文从《昭明文选》入手。《昭明文选》是南朝梁武帝的太子萧统组织文人编著的我国现存最早的一部诗文总集。它精选从周到南朝梁以前的诗文作品七百多篇，几乎包括了中国自有文字记载以来所有优秀的诗文作品。陆游说"文选烂，秀才半"。

《酉阳杂俎》说李白"先后三拟词选，不如意，悉焚之，唯留《恨》《别赋》"，《词选》就是《昭明文选》。李白把《昭明文选》读得烂熟，还仿照《昭明文选》写习作，先后写了多次，觉得不如意，都烧掉了，只留下了《恨》《别赋》。

李白跟赵蕤学过帝王纵横之术，虽然没派上用场，却拓宽了他的知识面，提升了他的思维向度。

在李白心中，诗歌无高低贵贱，他学习阳春白雪，也学习下里巴人。他从古诗文中汲取营养，也从当时民歌中汲取营养。李白能成为李白，是他博采众长的结果。泰山不让土壤，故能成其大；河海不择细流，故能就其深。李白的诗看起来写得毫不费力，好像他天生就会写诗，其实他下了苦功夫。杜甫说："读书破万卷，下笔如有神。"对李白来说，也是如此。

大鹏遇到稀有鸟

李白在巴地游玩时,遇到一位友人吴指南。

第二年春天,二人结伴东游。他俩一路走一路玩,经过三峡时,登上巫山最高峰,一览群山小。李白在石壁上写了一首长诗《自巴东舟行经瞿塘峡,登巫山最高峰,晚还题壁》。

晚上,他们宿在巫山下,李白吟诗一首,即《宿巫山下》。

昨夜巫山下,猿声梦里长。
桃花飞绿水,三月下瞿塘。
雨色风吹去,南行拂楚王。
高丘怀宋玉,访古一沾裳。

第二天他们坐上船,向长江中游的江汉平原驶去。船只行驶在三峡的幽暗群山之中,只看见两岸峭壁高插云天,只听到山上猿声凄切。二人坐船行了几百里,终于走出了三峡。此时在长江南岸出现一座山,此山上合下开,人称荆门山,是巴蜀与楚地的分界线。

　　船只驶过荆门山,眼前景色一变,连绵不绝的群山逐渐消失,辽阔的江汉平原出现在眼前,这对从小生活在多山的绵州的李白来说,是个奇妙的世界。一望千里的感觉太好了,让人心中舒畅,不免生出壮志凌云之感。在这么辽阔的世界,一个人无论有什么愿望都会实现吧。

　　这与巴蜀截然不同的风光提醒着李白,这次,他是真的远离故乡了。李白感慨万千,诗兴大发,禁不住吟出一首《渡荆门送别》。

　　　　渡远荆门外,来从楚国游。
　　　　山随平野尽,江入大荒流。
　　　　月下飞天镜,云生结海楼。
　　　　仍怜故乡水,万里送行舟。

　　这是到此刻他写得最好的一首诗,也是真正有李白特色的诗。

　　前面说到李白早期诗歌未脱陈梁旧习,直至《峨眉山月歌》,李白诗歌完全脱离模仿痕迹,形成独有的个人风格,而这首《渡荆门送别》,则让李白的个人特色更加明显。

　　这次,李白不是剪辑几帧画面,而是在船头安装了一台摄像机,把他的行程用摄像机录下来,用快进键放给我们看。

画面里，是连绵的群山，幽暗的光线。群山飞快地向后退，向后退。突然，群山消失了，眼前一亮，广袤无垠的大平原出现在面前。江水好像一夕长大，由火热少年变成沉稳的中年人，不再奔腾喧哗、挥拳舞剑，而是迂缓的、浩荡的，在大平原上切出一条银线，向着永无尽头的天际流去。

不知何时夜晚来临，江水中映出一轮圆月，像一面淡金色的镜子，白云从江面上涌起来，边缘反射着月光，异乎寻常的明亮。云层上又投下许多暗影，明明暗暗的影子缓缓移动，变幻着造型，像传说中的海市蜃楼。

诗人把镜头调转一百八十度，从船尾方向往后拍，镜头越提越高，画面越来越远，沿着船只来时的路，逆着水流的方向，一直追踪到诗人故乡的群山间，托着船行进的，还是故乡流过来的江水。

好的诗歌，言有尽而意无穷，李白的这首诗就是如此。《精选五七言律耐吟集》评此诗"包举宇宙气象"，非常到位。

李白的诗歌在出蜀的路上成熟了。

李白在荆州住下来，荆州旧称江陵。李白学习本地民歌，以乐府旧题《荆州乐》为基础，创作了《荆州歌》。

> 白帝城边足风波，瞿塘五月谁敢过？
> 荆州麦熟茧成蛾，缲丝忆君头绪多，

拔谷飞鸣奈妾何?

李白在江陵遇上了一位大人物：道教上清派茅山宗第十二代宗师司马承祯。

司马承祯，字子微，法号道隐，河内郡温县（今河南温县）人，晚年隐居天台山，自号天台白云子，人称白云先生。司马承祯少年时就喜欢道教，拜嵩山道士潘师正为师，学习上清经法、符箓、导引、服饵等道术。司马承祯道行精深，学问渊博，文学修养极高，人们把他与陈子昂、卢藏用、宋之问、王适、毕构、李白、孟浩然、王维、贺知章称为仙宗十友。

司马承祯的大名传到皇宫里，武则天、唐睿宗、唐玄宗等几位皇帝先后召他入宫，向他询问阴阳术数及治国之道。司马承祯应对得体，深得几位皇帝的信任。

公元721年，崇信道教的唐玄宗派人把司马承祯接到宫中，由司马承祯亲授道箓，成为司马承祯的弟子。

司马承祯能写一手好字，他擅长篆书、隶书，自为一体，号"金剪刀书"。唐玄宗让他校勘《道德经》，司马承祯用三种字体写成《道德经》，勘正文匦，刻为石经。

第二年，唐玄宗到洛阳去，司马承祯随驾到洛阳，但他不喜欢红尘俗务，便辞别唐玄宗，回天台山。司马承祯一路走走停停，途经江陵。李白早就听闻司马承祯大名，听说他经过此处，连忙赶去拜访。

司马承祯八十六岁，鹤发童颜，精神矍铄，颇有传说中老神仙的样子。司马承祯声名极盛，慕名拜访者不计其数，多是庸碌之辈，他只是礼节性应酬而已。李白的出现让他眼前一亮：神情清朗，谈吐风流，与那帮凡夫俗子的气质截然不同。司马承祯对李白大加赞赏，说李白"仙风道骨，可与神游八极之表"。这是一位道教宗师对寂寂无闻的晚辈最高的赞誉了。

司马承祯的赞誉让李白心中飘然，仿佛胁下生出一双无形翅膀，双翅一展，像大鹏展翅。在李白的意念中，他化身为庄子《逍遥游》中那只大鹏鸟了，拥有磅礴的力量，可以随意变化，自由翱翔。司马承祯是传说中那只稀有鸟，住在昆仑山上，左翅一展，覆盖住东王公；右翅一展，覆盖住西王母。在昆仑山紫色的山峦上，稀有鸟冲天而起，一只大鹏鸟紧紧相随。它们飞过三山五岳、五湖四海，在茫茫宇宙里，自由自在地飞啊飞。

这就是那个理想化的司马承祯与李白。李白乘兴写了篇《大鹏赋》[1]。

> 余昔于江陵见天台司马子微，谓余有仙风道骨，可与神游八极之表。因著《大鹏遇希[2]有鸟赋》以自广。此赋已传于世，

---

[1] 注：这是李白后来重写的版本，李白不满意早年旧作，后来重写了一遍。
[2] 希：古通"稀"。

往往人间见之。悔其少作，未穷宏达之旨，中年弃之。及读《晋书》，睹阮宣子《大鹏赞》，鄙心陋之。遂更记忆，多将旧本不同。今复存手集，岂敢传诸作者，庶可示之子弟而已。

其辞曰：

南华老仙，发天机于漆园，吐峥嵘之高论，开浩荡之奇言。征至怪于齐谐，谈北溟之有鱼。吾不知其几千里，其名曰鲲。化成大鹏，质凝胚浑。脱鬐鬣于海岛，张羽毛于天门。刷渤澥之春流，晞扶桑之朝暾。燀赫乎宇宙，凭陵乎昆仑。一鼓一舞，烟朦沙昏。五岳为之震荡，百川为之崩奔。

乃蹶厚地，揭太清，亘层霄，突重溟。激三千以崛起，向九万而迅征。背嶪太山之崔嵬，翼举长云之纵横。左回右旋，倏阴忽明。历汗漫以夭矫，羾阊阖之峥嵘。簸鸿蒙，扇雷霆。斗转而天动，山摇而海倾。怒无所搏，雄无所争。固可想象其势，仿佛其形。

若乃足萦虹霓，目耀日月。连轩沓拖，挥霍翕忽。喷气则六合生云，洒毛则千里飞雪。邈彼北荒，将穷南图。运逸翰以傍击，鼓奔飙而长驱。烛龙衔光以照物，列缺施鞭而启途。块视三山，杯观五湖。其动也神应，其行也道俱。任公见之而罢钓，有穷不敢以弯弧。莫不投竿失镞，仰之长吁。

尔其雄姿壮观，块轧河汉。上摩苍苍，下覆漫漫。盘古开天而直视，羲和倚日以旁叹。缤纷乎八荒之间，掩映乎四海之半。

当胸臆之掩昼，若混茫之未判。忽腾覆以回转，则霞廓而雾散。

然后六月一息，至于海湄。欻翳景以横翥，逆高天而下垂。憩乎泱漭之野，入乎汪湟之池。猛势所射，余风所吹。溟涨沸渭，岩峦纷披。天吴为之怵栗，海若为之躨跜。巨鳌冠山而却走，长鲸腾海而下驰。缩壳挫鬣，莫之敢窥。吾亦不测其神怪之若此，盖乃造化之所为。

岂比夫蓬莱之黄鹄，夸金衣与菊裳。耻苍梧之玄凤，耀彩质与锦章。既服御于灵仙，久驯扰于池隍。精卫殷勤于衔木，鹍鹉悲愁乎荐觞。天鸡警晓于蟠桃，踆乌晣耀于太阳。不旷荡而纵适，何拘挛而守常。未若兹鹏之逍遥，无厌类乎比方。不矜大而暴猛，每顺时而行藏。参玄根以比寿，饮元气以充肠。戏旸谷而徘徊，冯炎洲而抑扬。

俄而希有鸟见谓之曰："伟哉鹏乎，此之乐也。吾右翼掩乎西极，左翼蔽乎东荒。跨蹑地络，周旋天纲。以恍惚为巢，以虚无为场。我呼尔游，尔同我翔。"于是乎大鹏许之，欣然相随。此二禽已登于寥廓，而斥鷃之辈，空见笑于藩篱。

司马承祯接见李白，应该是道友引荐。纵观李白一生，他的交游主要靠两张名片：一张名片是"陇西李氏"，他靠这张名片结交官场上的李姓名人；另一张名片是崇道习道，他从小与道友关系密切，出世隐世有道友引荐。

李白对司马承祯心怀崇敬，不可否认他也有功利心。司马承祯是可以上达天听的人物，如果他欣赏自己，就可能会把自己推荐给皇帝。

李白毕竟是俗心未泯。

这次见面非常愉快，再想见这位德高望重的老人，谁知就是近二十年后了。不过已无缘再生相逢。公元744年，李白与杜甫、高适同游王屋山阳台宫，这是司马承祯晚年的修行之所，得知司马承祯已于九年前仙逝，享年九十六岁。

在上阳宫里，有司马承祯生前画的大幅壁画。画高十六尺，长九十五尺。画此画时，司马承祯已经是一位年将九十的老人，可知其笔力是怎样惊人。李白睹物思人，思绪翻滚，提笔写了四言诗《上阳台帖》。

山高水长，物象千万，非有老笔，清壮何穷。

十八日上阳台书，太白。

李白挥毫泼墨书写时，没想到这幅字有着坚韧的生命力。几度王朝兴废、战争离乱，他这幅字被奇迹般保存了下来。北宋时，它作为寥寥无几的李白真迹被宋徽宗珍藏在宣和宫。北宋灭亡，无数宝贵文物化为灰烟，但这幅字逃过大劫。南宋时，它收藏在贾似道府中，元代为张晏收藏，明代为项元汴天籁阁收藏。

民国时，收藏家张伯驹怕它落到外国人手中，以六万银圆收购。此墨宝现存于北京故宫博物院，是故宫博物院的镇馆之宝之一。

夏天，李白与吴指南一起游洞庭。吴指南的体格没李白那么好，大约是中暑了，竟倒在了洞庭湖边的路上。李白守着他的尸体大哭，眼泪流干，眼角流血，行人都跟着伤心。行人散去以后，草丛中影影绰绰出现一只老虎的身影，李白守着吴指南的尸体不肯离去。他心想，他身上有剑，老虎若来吃人，他就跟老虎拼了。所幸老虎没敢到路上，在树丛里一阵窸窣，就走远了。

一个会说会笑、热热闹闹的生命，怎么会说走就走了呢？生命岂可结束得如此潦草？这件事影响了李白的心情，这次洞庭湖之行，李白没有留下佳句。李白把吴指南草草葬在洞庭湖边上，继续上路。他一生注定在路上。

但李白始终没有忘记这位孤独地躺在洞庭湖边的朋友。几年后，李白来到洞庭湖边。他打开吴指南的墓穴，看到吴指南的股肤尚未腐尽。李白回忆起两人同游的情景，忍不住大哭了一场，又用刀把吴指南遗骨上的腐肉削尽，然后把遗骨收在囊中，白天背在身上，晚上睡觉放在身边。那时李白已经没钱了，他只好向朋友乞借，把吴指南安葬在鄂城之东。

曾经一起并肩前行的人，死后当让其有一处安身之所。李白了却了一桩心事。

十谒朱门九不开

李白性格乐观,情绪来得快,去得快。吴指南之死,让他痛入肺腑。埋葬了吴指南后,他的痛苦也就减轻了大半。他又踏上旅程。

李白在岳州(今湖南岳阳)游玩了一个夏天。秋末,李白又回到荆门,作《秋下荆门》诗一首。

霜落荆门江树空,布帆无恙挂秋风。
此行不为鲈鱼鲙,自爱名山入剡中。

秋天的荆门是另一番景色,满山红叶,树叶披霜,然而这美景留不住李白一颗流浪的心。他的目光沿着长江向东望去,望到长江尽头的吴越之地。吴越之地盛产菰菜、莼菜、鲈鱼,西晋的张翰在洛阳城里见到秋风起,想起故乡的菰菜、莼菜羹、鲈鱼脍,再也抑制不住思乡之情。他喃喃道:"人生贵得适意尔,何能羁宦数千里以要名爵！"于是辞官回乡，享受家乡的美味去了。

李白去吴越，并非为了满足口腹之欲，而是想去遍访名山。李白一生，爱无尽，欲无穷，终其一生最爱的，还是大自然的明山秀水。他走进名山，就像鸟入林、鱼入渊，尘世的烦恼喧嚣都忘到脑后去了。

李白没有直接去吴越，而是先去了江西。在江西鄱阳湖盆地，有座风景秀丽的名山——庐山。庐山以雄、奇、险、秀而闻名，素有"匡庐奇秀，甲天下山"之说。

李白在蜀中见过许多奇山秀水，但庐山的瀑布还是让他震惊了。他攀登的是庐山香炉峰。只见香炉峰顶上，一道瀑布从天而降，一路冲击着岩石，落在山下石潭中，发出响雷般的轰鸣声，水花四溅，珠玉乱飞。李白站在瀑布边，清凉的水珠溅到脸上，落到衣上，空气仿佛被水洗过一样清新。李白那颗争名逐利之心也仿佛被洗过，眼前好山好水，他愿永留此间。

李白写了第一首《望庐山瀑布》。

> 西登香炉峰，南见瀑布水。挂流三百丈，喷壑数十里。
> 欻如飞电来，隐若白虹起。初惊河汉落，半洒云天里。
> 仰观势转雄，壮哉造化功。海风吹不断，江月照还空。
> 空中乱潈射，左右洗青壁。飞珠散轻霞，流沫沸穹石。

而我乐名山，对之心益闲。无论漱琼液，还得洗尘颜。
且谐宿所好，永愿辞人间。

傍晚，李白又一次遥望香炉峰，只见香炉峰瀑布变幻出另一种异样之美，山间云雾在夕阳映照下变成梦幻般的紫色，一道瀑布像一条白练般挂在云雾间，宛如银河倒倾，河水从天降落。

李白又写了一首《望庐山瀑布》。

日照香炉生紫烟，遥看瀑布挂前川。
飞流直下三千尺，疑是银河落九天。

李白在庐山逛够了，坐上船，沿着长江顺流而下。

这一天，他坐船进入安徽境内，远远看见两山夹江而立。船夫告诉他，江北之山曰西梁山，江南之山曰东梁山，两山隔江对峙，如同天然门户，故曰天门山。江水拍打着山崖，想冲破山崖的阻碍，却被倔强的山崖反弹回来，翻卷着浪花，只得依着山势转折北行。山与水的搏杀沉默而顽固，此消彼长，永不停息。

行人至此，无不赞叹大自然的鬼斧神工；文人墨客至此，往往赋诗以记之。北宋梅尧臣写道："东梁如印蚕，西梁如游鱼。"北宋沈括经过此处，写道："双峰秀出两眉弯，翠黛依然监影间。终日含颦缘底事，只因长对望夫山。"然而，他们写的天门山诗句，在李白的《望天门山》面前都黯然失色。

> 天门中断楚江开，碧水东流至此回。
> 两岸青山相对出，孤帆一片日边来。

李白出蜀沿水路而行，从他写《峨眉山月歌》开始，到《渡荆门送别》，再到这首《望天门山》，无不充满强烈动势。

在李白的摄像机中，只见天门山遥遥出现在镜头中，如同被江水硬生生冲出一条路，江水滚滚转折北行，两岸青山分列镜头两边，占满两侧的上下画面，而在镜头的正中间，是一叶白帆披着金色朝霞，从太阳的方向驶来。

此诗，第一句以山写水，第二句以水写山，语言简洁，光辉明丽，读来仿佛身临其境。回看梅尧臣诗，不过写实而已，画面是死的；再看沈括诗，亦显得呆滞。

李白的船驶过天门山，进入今江苏境内。李白在金陵上岸，他想在此处多停留些日子。李白爱山爱水，也爱名爱利，离开名山大川，他的名利之心滋长起来。金陵的达官贵人甚多，他想看看能不能寻到一个机会让一位名人举荐他。

金陵，即江苏南京，古代又称建康、建邺，是长江沿岸的重要城市。"金陵"二字，明媚而凌厉，一听就是有故事的。

南京，六朝烟雨古都。自三国时期吴定都于此，共有孙吴、东晋、南朝宋、南朝齐、南朝梁、南朝陈六个朝代在此定都。直到隋唐定都于长安，金陵不再是政治中心，但仍是一个经济、文化发达之地。

李白来得不巧，这年唐玄宗泰山封禅，重要人物都跟着唐玄宗去泰山了。泰山封禅是古代最重要的祭祀大典，一位帝王非有丰功伟绩不敢去封禅。自秦始皇以来，只有六位皇帝去过泰山封禅。唐初李世民曾想去泰山封禅，因天象有变，没敢行动。

唐玄宗统治时，唐朝立国一百余年，天下承平，唐玄宗认为是封禅的时候了。封禅仪式烦琐，兴师动众，耗资无数，是大唐国力强盛的表现。随从群臣参与旷世大典，还可以加官晋爵，人人累并快乐着。

这次封禅很不顺利，山上狂风大作，似是警告唐玄宗，他没资格来此封禅。如果唐玄宗晚年时回顾这一幕，就会知道他真是没资格。他的一生，功过各半，唐王朝在他手中达到极盛，也在他手中走向衰落。

李白在金陵"十谒朱门九不开"，想让人举荐出仕的愿望无法实现，只好寄情于山水，在金陵城内外游玩。这时期李白写的诗，最生动的是两首《长干行》。

妾发初覆额，折花门前剧。
郎骑竹马来，绕床弄青梅。

同居长干里,两小无嫌猜。
十四为君妇,羞颜未尝开。
低头向暗壁,千唤不一回。
十五始展眉,愿同尘与灰。
常存抱柱信,岂上望夫台。
十六君远行,瞿塘滟滪堆。
五月不可触,猿声天上哀。
门前迟行迹,一一生绿苔。
苔深不能扫,落叶秋风早。
八月胡蝶来,双飞西园草。
感此伤妾心,坐愁红颜老。
早晚下三巴,预将书报家。
相迎不道远,直至长风沙。

——《长干行·其一》

长干是地名,在今南京南。"长干行"是乐府《杂曲歌辞》调名,很多人都写过这个题材,但都没李白写得好。李白这首《长干行》是常见的离妇思夫题材。他从一对夫妇的幼年写起,写了一个完整的爱情故事,清新婉丽,毫不做作。李白这时候还没结婚呢,好像也没正经谈过恋爱,但竟把恋爱中小儿女的神态描摹得如此传神。

李白是个适应环境特别快的人。在陌生的金陵，他交了一群朋友，巩固他们友情的黏合剂是诗与酒。他们经常在一起开怀畅饮。李白劝他们，人生在世，须及时行乐，光阴倏忽，转瞬红颜成白头，古代帝王安在哉？来来来，我们还是举杯畅饮。这首《对酒》就是开怀畅饮、及时行乐的产物。

劝君莫拒杯，春风笑人来。
桃李如旧识，倾花向我开。
流莺啼碧树，明月窥金罍。
昨日朱颜子，今日白发催。
棘生石虎殿，鹿走姑苏台。
自古帝王宅，城阙闭黄埃。
君若不饮酒，昔人安在哉！

在诗与酒的对撞中，桃李花开了，杨花柳絮满天飞。李白想乘着春风启程，去他此行的目的地剡中。在去剡中以前，他想先到扬州去。临行之前，李白在金陵交往的朋友赶来送行。他们在酒肆里欢饮，美貌的酒家女殷勤劝酒，酒店里飘着欢声笑语。对李白来说，有酒就有诗。《金陵酒肆留别》是李白留赠金陵友人的话别诗。

> 风吹柳花满店香，吴姬压酒唤客尝。
>
> 金陵子弟来相送，欲行不行各尽觞。
>
> 请君试问东流水，别意与之谁短长。

辞别金陵，李白来到扬州。在扬州，李白想拜谒名人的愿望仍然没有实现。

夏天，李白到了姑苏。姑苏是一座诗一样美的城市，这名字就让人心醉。说到姑苏，总让人想起西施，夫差曾为美人西施建姑苏台。时光荏苒，姑苏台已是荒丘，楼台亭阁与红颜佳人皆不见。在姑苏，怎么能不写西施呢？李白写了著名的《乌栖曲》，关于此诗，暂且不表，留待以后再说。

李白在姑苏逛了几天，经镇江去杭州。杭州也是个美丽的城市，所谓"上有天堂，下有苏杭"。

这个夏天，李白就在越中（今浙江绍兴）游玩。越地多水，水中多荷，正是莲叶无穷碧，荷花别样红。白皙秀美的越女撑着小舟，穿行在荷叶红莲之间，是一幅天然的画卷。

李白被这样的景色迷住了。这一时期李白写的诗句大多有莲花与采莲女，比如这首《越女词·其三》：

> 耶溪采莲女，见客棹歌回。
>
> 笑入荷花去，佯羞不出来。

又如《采莲曲》：

若耶溪傍采莲女，笑隔荷花共人语。
日照新妆水底明，风飘香袂空中举。
岸上谁家游冶郎，三三五五映垂杨。
紫骝嘶入落花去，见此踟蹰空断肠。

再如《渌水曲》：

渌水明秋日，南湖采白蘋。
荷花娇欲语，愁杀荡舟人。

这首《西施》，又名《咏苎萝山》，也以"荷花"形容西施之艳。

西施越溪女，出自苎萝山。
秀色掩今古，荷花羞玉颜。
浣纱弄碧水，自与清波闲。
皓齿信难开，沉吟碧云间。
勾践征绝艳，扬蛾入吴关。

提携馆娃宫，杳渺讵可攀。

一破夫差国，千秋竟不还。

这首《别储邕之剡中》也提到了荷花。

借问剡中道，东南指越乡。舟从广陵去，水入会稽长。

竹色溪下绿，荷花镜里香。辞君向天姥，拂石卧秋霜。

李白在剡中逛够了，就去登天台山。秋天的时候，李白又回到扬州。此时李白离家已经两年，他出蜀时携带的三十万贯钱，已经花光了，求人举荐的愿望还未实现。

李白感染风寒，病倒了。躺在病榻上的李白无心说天凉好个秋，思乡之情像风云漫卷上来，他提笔给他的老师赵蕤写信，名曰《淮南卧病书怀，寄蜀中赵征君蕤》。

吴会一浮云，飘如远行客。

功业莫从就，岁光屡奔迫。

良图俄弃捐，衰疾乃绵剧。

古琴藏虚匣，长剑挂空壁。

楚冠怀钟仪，越吟比庄舄。

国门遥天外，乡路远山隔。

>   朝忆相如台，夜梦子云宅。
>   旅情初结缉，秋气方寂历。
>   风入松下清，露出草间白。
>   故人不可见，幽梦谁与适。
>   寄书西飞鸿，赠尔慰离析。

《静夜思》可能也是写于此时，原诗与常见的版本略有不同。

>   床前看月光，疑是地上霜。
>   举头望山月，低头思故乡。

《秋夕旅怀》写得更悲凉。

>   凉风度秋海，吹我乡思飞。
>   连山去无际，流水何时归。
>   目极浮云色，心断明月晖。
>   芳草歇柔艳，白露催寒衣。
>   梦长银汉落，觉罢天星稀。
>   含悲想旧国，泣下谁能挥。

此时李白二十六岁。他自幼才华绝世，身边的人都没见过他这等天资。他自己也觉得将来是要做大事业、扬名立万的，可谁知在外面逛了两年，距离权力中心还有十万八千里。如今钱财散尽，亲人远离，这一病不知何时才能好起来。若是无法治愈，就可能要像他的朋友吴指南那样，埋在异乡的某块土地上。一方小小土丘，长满荒草，没人知道荒草下面是一位怎样的天才。

值得庆幸的是，在友人孟少府的精心照料下，李白的病渐渐好转了。他的腿脚有了力气，他又想出去走了。孟少府说，他有个好友马公担任安州都督，安州邻近古代云梦泽，他愿意修书一封，介绍李白去见马公。如此一来，李白既可一览云梦胜景，又可以请求马公举荐，一举而两得。于是李白持着孟少府的书信，欣然前往。

李白没有直接去安州，而是沿着大运河北上，到达淮河往西去，取道陈州（今河南周口），经汝州（今河南临汝），到达南阳（今河南南阳）。第二年春天到达湖北襄州，取道襄州去的安州。

有美一人,汉水之滨

李白来到安州,见到马公,献上他的诗文。马公读后赞赏不已,他与长史李京之等人说:"诸人之文,犹如山无烟霞,春无草树。李白之文,清雄奔放,光明洞彻,句句动人。"

马公评得真到位,把我们想说而说不出来的,都给表达了。

诗人遇上李白是不幸的,任你怎么写,都写不过他。同样的景物,别人写出来是死的,李白写出来是活的;别人写出来是静的,李白写出来是动的。同样的感情,别人写来是浮在纸上的;李白写来是一字一句落在心上的,就像一颗种子,在心里生了根,发了芽,开出花来。

才高招人妒。李白的诗才得到一些人由衷的赞赏,也遭到一些人忌妒。长史李京之就很忌妒李白。

在唐代,诗人的待遇很高,好诗句像现在的流行金曲一样人人争诵。谁能写出花团锦簇的诗文,谁就是人们眼中的大明星。初唐诗人宋之问看到外甥刘希夷诗中"年年岁岁花相似,岁岁年年人不同"之句，羡慕得眼睛发红，恨自己写不出这样富有诗意与哲理的句子来。他跟外甥商量，把这两句诗让给他出出风头，刘希夷不肯。对一位诗人来说，写出如此佳句，是会骄傲一辈子的。不料宋之问怀恨在心，竟然把外甥刘希夷杀死了。

李京之看到李白的诗写得好，人又轻狂，心里恨得痒痒的，只是不好发作出来。有一回，李白与一群朋友喝酒喝到日落西山，夜色降临，才骑着马东倒西歪地往回走，忽然看到一辆马车，马车上坐着一人，好像是他的好友魏洽。李白策马冲上去，想跟魏洽打个招呼，开个玩笑，于是扬起马鞭，做抽打之势，可手中的鞭子举起来才看清马车上之人并非魏洽，而是长史李京之。

李白的鞭子停在半空，心想这可麻烦了，本是想跟朋友开个玩笑，没想到闯祸了。

犯宵禁本来有罪，还冲撞了长史大人，更是罪加一等。李白只好发挥强项，写了篇《上安州李长史书》，态度谦卑地认错，顺便附上自己的一些诗文，希望能够得到李京之赏识。李京之宽恕了李白，却也不赏识他，李白想求举荐的梦想又破灭了。

李白违犯宵禁没有受到处罚，大约是因为他是许家女婿。李白在安州结了婚。

在安州的李白没几个钱了，他迫切需要解决生活问题。短期来说，生活没问题，他认识很多道友。唐代重道教，各地名山之中都有道观，李白可以借住在道观中，也可以在朋友家，东住一晚，西住一晚。但长期来说是不行的，于是李白想到了隐居。

在安陆县城西北六十里，有一座山，山虽不大，但树林茂密，景色优美，清同治《应山县志》载"山下之民，常有寿至百余岁者"，故此山名为寿山。李白对寿山一见如故，想在山中隐居。他写信告诉在扬州的朋友孟少府。孟少府大不以为然，他认为寿山名气太小，李白要想隐居，就应该隐居到三山五岳中。李白接到孟少府的信，回了他一封信，名曰《代寿山答孟少府移文书》。这封信不是以李白的口气来写的，而是以寿山的口气写的，写得诙谐有趣。

李白在信中借寿山之口夸自己"天为容，道为貌，不屈己，不干人，巢、由以来，一人而已""仆尝弄之以绿绮，卧之以碧云，漱之以琼液，饵之以金砂"。但他显然不想一生隐居于此，他跟朋友说，他想"申管晏之谈，谋帝王之术，奋其智能，愿为辅弼，使寰区大定，海县清一"。事成之后，他学范蠡、张良，隐姓埋名，退隐江湖。

只是，理想很丰满，现实很骨感。李白不想长久隐居，也不想出家为道，那他怎么生活呢？他除了一肚子才华和似是隐约可见的不可限量的前途，没有其他值钱的东西了。

才华是奢侈品，寻常人家不敢收购，收购也没用。"学成文武艺，货与帝王家。"文才、武艺，最终的买家是帝王，所以要往能够接近帝王的人家里卖。

安陆虽是小地方，在唐初却出过大人物。《江淮间语》云："贵如许郝，富若田彭。""许郝"就是安陆的两大名门许家与郝家。隋朝末年，李渊父子在太原起兵，李渊儿时同学许绍与女婿郝相贵帮他平定江汉地区。唐朝建立，许绍与郝相贵翁婿一起成为开国元勋。许绍之子许圉师与郝相贵之子郝处俊都当过宰相。都督、刺史、节度使级别的官员，许、郝两家出过很多个。武则天当政时，许、郝两家因为是李唐旧臣，遭到武则天迫害，郝处俊被武则天下令刨坟掘墓，许家的影响力也大大降低。

李白来到安陆时，许圉师已去世四十多年，许家的人，有的在外为官为宦，有的留在家乡。留在家乡的这些人，要么是庶出旁支，要么人丁不旺或者子孙不成才。许家希望能够引进青年才俊，李白希望有个安身之处，两方一拍即合。

许圉师有个孙女，已到将嫁之年，尚未有夫婿，许家就招李白做了女婿，这是一桩现实的各取所需的婚姻。各取所需的婚姻未必不幸福，正如轰轰烈烈的爱情结局未必美满。

李白对这桩婚姻还是比较满意的。他本是一介白丁，能够成为已故相国的孙女婿，也很满足了。虽然不像司马相如追到富商之女卓文君那样传奇，他也算进入权贵阶层的外围圈子了。

许小姐对李白整天喝酒颇有怨言,李白笑嘻嘻写了首《赠内》给许小姐看。这首诗写得浅显直白,让人一读就忍不住笑起来。

三百六十日,日日醉如泥。
虽为李白妇,何异太常妻。

想来许小姐读了又好气又好笑吧。

李白与许小姐的婚姻大约持续了十年。李白结婚时二十七岁,许小姐去世时,李白将近四十岁。这是李白的黄金年华。

李白的一双儿女,都是许小姐所生。

我们想在李白诗句中寻求许小姐的形象,终是很难如愿。李白是一位浪漫主义诗人,他的诗很少写实,他笔下许小姐的形象是空灵模糊的。这也可能跟他们十年婚姻聚少离多有关。李白婚后很少坐在家中,大部分时间不是在外面喝酒,就是在外面漫游,没有多少生活琐事可以漫上心头。

许小姐去世的时候,李白尚在外地。归来时,遗物犹在,香泽犹存,只是人已无踪。这更让李白心中迷惘:那个与他相亲相爱、相偎相依的人,是去了哪里?她如一只惊鸿,锦瑟之年与他相遇,青春将凋时仓促离去,难道真如某首诗中说的那样:如何让你遇见我,在我最美丽的时刻。

现存李白诗歌之中,有一组《寄远》,是李白远行时写给远方亲人的诗句,很可能是写给许小姐的。我们看几首,品味一下。

三鸟别王母,衔书来见过。
肠断若剪弦,其如愁思何!
遥知玉窗里,纤手弄云和。
奏曲有深意,青松交女萝。
写水山井中,同泉岂殊波。
秦心与楚恨,皎皎为谁多?

——《寄远·其一》

阳台隔楚水,春草生黄河。
相思无日夜,浩荡若流波。
流波向海去,欲见终无因。
遥将一点泪,远寄如花人。

——《寄远·其六》

妾在舂陵东,君居汉江岛。
一日望花光,往来成白道。
一为云雨别,此地生秋草。

秋草秋蛾飞，相思愁落晖。
何由一相见，灭烛解罗衣。

——《寄远·其七》

忆昨东园桃李红碧枝，与君此时初别离。
金瓶落井无消息，令人行叹复坐思。
坐思行叹成楚越，春风玉颜畏销歇。
碧窗纷纷下落花，青楼寂寂空明月。
两不见，但相思，空留锦字表心素。
至今缄愁不忍窥。

——《寄远·其八》

爱君芙蓉婵娟之艳色，色可餐兮难再得。
怜君冰玉清迥之明心，情不极兮意已深。
朝共琅玕之绮食，夜同鸳鸯之锦衾。
恩情婉娈忽为别，使人莫错乱愁心。
乱愁心，涕如雪，
寒灯厌梦魂欲绝，觉来相思生白发。
盈盈汉水若可越，可惜凌波步罗袜。
美人美人兮归去来，莫作朝云暮雨兮飞阳台。

——《寄远·其十一》

以上几首诗，或者提到楚，或者提到春陵东、汉水，都是许小姐家乡安陆所在地。最后两首，从情感上来看，很像是悼亡诗，应该是许小姐病故以后，李白的悼念之作。

这是李白的初婚，也可能是他的初恋。许小姐像露珠一样，从他生命的叶片上滚过，消失不见，如梦如幻。但又不是梦幻，那一双牵衣啼哭的儿女，证明一个如花的生命曾经存在过，在李白的生命中划出了痕迹。李白犹在，伊人不再。

古人婚姻，讲究父母之命、媒妁之言，李白没有向父母请命就结了婚。结婚十载，也没带妻儿回蜀中给父母看看，难道李白出蜀之时，他的父母已经去世？未必。李白出蜀时的心情是欢快的，不像是父母已经离世的样子。

我们也无从解释李白出蜀时身上带着的那笔钱是怎么来的。说是父母给他的零花钱，零花钱不会那样多。如果一个唐人轻易给儿子三十万贯零花钱，那得是多大的富翁？一个这么有钱的富翁，也犯不着让儿子去县衙当小吏了。

我的看法是，那笔钱很可能是李白分得的家产。

李白人称"李十二白"，在家族中排行第十二。这么多兄弟，不可能都是堂兄弟，必定有几个是李白的亲兄弟。李白在亲兄弟中可能是老二、老三、老四。在李白的诗与民间传说中，李白还有弟弟与妹妹。李白出蜀时二十四岁，他父亲的年龄应在五十岁左右。今天看来,这个年龄的人还不算老,但在古代,这是不折不扣的老年人了,他应该给他的儿子们分财产了。

情况很可能是这样:李白兄弟众多,他是最有天赋、最放荡不羁、最爱自由的一个,他父亲觉得这个儿子是个异数,将来有可能会成为一个了不起的人物,就分给他一笔家财,让他自由闯荡去了。抱孙、养老,也不指望他。

所以李白出蜀时那样阔,他一路走到哪里,朋友交到哪里,与他舍得花钱是有关系的。一桌人喝酒,他买单;谁没钱了,他资助一笔。

就这样,他两年就把三十万贯钱花光了。

由于这是分给他的家产,他也不好意思回家再要,只好自谋生路。当时出仕无望,他只能到许家当上门女婿,希望借助许家的资源,获得出仕的机会。许家招李白为婿,当然也希望他飞黄腾达,让许家这一支脉门楣生辉。

可惜终许小姐一生,没看到夫婿的辉煌。

落魄长安

岁月不居，时节如流。李白定居安陆，转瞬已经三载。

李白已经到了而立之年，仍然前途渺茫。李白虽然是个乐观主义者，也难免有些迷惘，人生有几个三十年啊。

小小安陆，自从来了一个李白，就像水池里来了一条鲸鱼，原先的人文系统都被打乱。论写诗，整个安陆的人加起来也写不过他一人；论喝酒，几个人也拼不过他一个；论辩论，十几个人亦不是他对手。

一个巨无霸怪物在身边，那些官宦文人感觉太压抑了，他们颇有一种外来物种入侵，破坏当地生态平衡的气愤感，少不了有人背后说李白的坏话。

李白一生天真快乐，他虽想混出头，却无与人争名逐利之心。他唯一让人诟病之处是爱喝酒，喝醉酒难免惹祸，比如那次闹乌龙的"犯夜"事件。再就是他一个穷光蛋来到安陆，住在岳父家，难免让人觉得他专职吃软饭。

李长史走后,来了一位裴长史。

李白以为自己的春天来了,他几次面见裴长史,想请他举荐自己,裴长史却从别人那里听到李白很多"劣迹",对李白印象不好。

李白写了一篇《上安州裴长史书》,为自己辩解。

李白说他"白本家金陵,世为右姓",他出身是很高贵的,不是来历不明的白丁。他"五岁诵六甲,十岁观百家",从小是个勤奋读书的小天才。他"仗剑去国,辞亲远游",是得到亲人许可离家漫游,不是东奔西窜的盲流。他"东游维扬,不逾一年,散金三十余万,有落魄公子,悉皆济之"。他原本是很有钱的,只是他生性慷慨,把钱都用来救济朋友了。他"昔与蜀中友人吴指南同游于楚,指南死于洞庭之上,白禫服恸哭,若丧天伦。炎月伏尸,泣尽而继之以血。行路闻者,悉皆伤心。猛虎前临,坚守不动"。他是个很仗义、很勇敢、不畏生死的汉子。还有益州长史苏公与安州都督马公怎样夸他的诗文写得好,李白都一一细数。

李白文章,向来有夸大其词的成分,此文也难免夸大。比如他是不是带了三十万贯钱?会不会是十万或二十万?"猛虎前临,坚守不动",纵然李白佩剑在身,有一些功夫,这也不太符合常情。

不过不追究细节的话,大致情节应该差不多,李白与扬州朋友有往来，夸大太多，自然有人戳穿。

李白此文不仅给裴长史看，也想流传到社会上，让社会人士看看，了解他李白是个怎样的人。因此，在一些不能求证的细节上，他会尽量美化自己；大体脉络上，他会保持真实。此文非常有史料价值，我们了解李白家世及其早期活动，主要是通过这篇文章。

即便写了此文，李白想让裴长史举荐他的愿望最终也没能实现。

李白不想在安陆坐着等机会，他想去长安寻找机会。

女婿积极上进，许家求之不得，当即修书几封，把许家在京城的人脉介绍给他。

许小姐虽然不舍丈夫，但是身为一个名门小姐，她也认为不能耽误丈夫前途，只能含泪与李白告别，行行重行行，与君道珍重。

李白取道南阳，西入长安。

一位传奇女性出现在李白生命之中，她便是唐玄宗之妹玉真公主。

盛唐时期，信道成为风尚，不仅有很多男道士，还有很多女道士。

男道士的心态各异，有人真心向往道家生活，有人借此逃避现实压力，还有人以道教为幌子，接近朝廷中上层人士。司马承祯离开宫中时，道士卢藏用指着终南山跟他说："此中大有佳处，何必在远？"司马承祯一眼看穿他的心思，说道："依我看，这是一条当官的捷径。"很多像卢藏用那样的人隐居在长安附近的终南山中，名为修道，实则为接近朝廷中上层人士。

女道士的心态亦是如此，有人真心向道，有人借此逃婚，还有人天生爱自由，不愿深藏闺中，以修道为名，游三山五岳，接待异性友人，俨然唐代新女性。

这些出家的女道士之中，最有名的是唐玄宗的两个妹妹金仙公主与玉真公主。唐玄宗虽然兄弟姐妹众多，与他同父同母的只有金仙公主与玉真公主。

金仙公主去世较早，性格比较安静，影响力也不如她的妹妹玉真公主。

玉真公主在长安有公主府，在洛阳、终南山、王屋山等地都有别墅、道观。每天都有很多人出入公主府，与她谈诗论道，求她引荐。玉真公主俨然长安城最有名的沙龙女主人。

李白虽然是许家女婿，但是跟京城中的许家人关系并不密切。现在的许家在朝中也没多大势力，有点能力的大都当地方官去了。

李白不大可能依靠许家获得天子垂青。

这时候，他的准道教教徒身份就派上用场了。他通过这层关系，认识了玉真公主的家人，住进了玉真公主的别墅中。

李白发挥他擅长吹捧的强项,写了首《玉真仙人词》。

玉真之仙人,时往太华峰。
清晨鸣天鼓,飙欻腾双龙。
弄电不辍手,行云本无踪。
几时入少室,王母应相逢。

李白充分展示出他天才的想象力,把玉真公主写得如九天玄女一般,行云驭龙,与王母为友。

人们经常拿李白这首词与王维的《奉和圣制幸玉真公主山庄因题石壁十韵之作应制》相比较。

碧落风烟外,瑶台道路赊。
如何连帝苑,别自有仙家。
此地回鸾驾,缘溪转翠华。
洞中开日月,窗里发云霞。
庭养冲天鹤,溪流上汉查。
种田生白玉,泥灶化丹砂。
谷静泉逾响,山深日易斜。
御羹和石髓,香饭进胡麻。
大道今无外,长生讵有涯。

> 还瞻九霄上，来往五云车。

王维的诗是凡间妙品，李白的诗是仙品。

不过不可因此贬低王维，王维写的是应制诗，应制诗要中规中矩，后来李白写的送别贺知章的应制诗也是无滋无味。

王维与李白是同年出生的小天才，王维少年时来长安，名动京城，因为玉真公主的推荐，在李白还没混上许家的上门女婿时，王维就考中了进士。

排着队想等待玉真公主引荐的人太多，李白在这支队伍里还排不上号。

李白坐在玉真公主的别墅里，听着窗外绵绵的秋雨声。秋雨淅淅沥沥，仿佛永远下不完。李白的心情愁苦得像窗外的秋雨。

李白提笔给卫尉张卿写了《玉真公主别馆苦雨赠卫尉张卿二首》，诉说自己怀才不遇的苦闷。

其中一首是这么写的：

> 秋坐金张馆，繁阴昼不开。
> 空烟迷雨色，萧飒望中来。
> 翳翳昏垫苦，沉沉忧恨催。
> 清秋何以慰，白酒盈吾杯。
> 吟咏思管乐，此人已成灰。

> 独酌聊自勉,谁贵经纶才。
>
> 弹剑谢公子,无鱼良可哀。

这个卫尉张卿,过去认为是宰相张说之子张垍。张垍娶唐玄宗女宁亲公主,是唐玄宗最宠爱的女婿之一。李白本来想干谒的人是张垍之父张说。张说三度为相,在李林甫、杨国忠崛起之前,是政坛最有势力的人物。张说执掌文坛三十年,是开元前期的一代文宗。

李白到达长安时,张说已经病重,当年就去世了。

现在有种观点,认为李白诗中的卫尉张卿有可能是玉真公主的丈夫,玉真公主嫁过一位姓张的人。

求人引荐未成,李白也不能整天坐在公主的山间别墅里。他离开玉真公主的别墅,在长安周围游玩,顺便拜访名人,希望能够得到他们的举荐,但都没有成功。

既然不能出仕,那就尽情玩乐吧。

李白人缘好,到哪里都能交上朋友。

唐代的长安与洛阳有很多"斗鸡走犬过一生,天地安危两不知"的纨绔子弟。李白身上的游侠气质让他跟这些人很快混熟。他们一起到胡姬酒店里饮酒,欣赏异域风情的女子;在街上看斗鸡,打群架。

所谓"细雨春风花落时,挥鞭且就胡姬饮"。

斗鸡是一种古老的娱乐活动，将比赛与赌博合而为一。长安与洛阳城，很多斗鸡徒一边驯养斗鸡，一边经营地下赌场。

李白早年与东严子在山中驯鸟，精通驯鸟术，驯鸟与斗鸡虽说不是一回事，但也有几分相通之处，李白混在这些斗鸡徒之间，玩得不亦乐乎。

混在这些人之中，打架几乎是无法避免的。他们有时单挑，有时群殴；有时拳脚相加，有时也会拔出刀剑。有点儿像流氓，又有点儿像游侠。

有一次，李白跟几个无赖打起来了。李白从小练剑，身手好，几下就把几个无赖打翻在地。那几个无赖不服，把自己的狐朋狗友叫来，一时几十上百人把李白困住。李白抽出剑，拉开架式，无赖不敢向前，只握着拳头围住李白，两方僵持着。

洛阳街头有许多闲人，看到流氓打群架，他们都聚来看热闹，起哄叫好，街道被围得水泄不通。

双拳难敌四手，好汉也怕人多。眼见李白就要吃大亏，他的好友陆调纵马奔来，冲散人群，给李白解了围。那些无赖仍然不肯罢休，呐喊着又要冲上来，却见一群捕快跑来抓人，吓得作鸟兽散。原来陆调怕自己人单力孤，让人到宪台报了案。

多年以后，李白在江南与陆调重逢，他有几分感激几分自得地回忆这段经历，在《叙旧赠江阳宰陆调》中写道：

……………

风流少年时,京洛事游遨。

腰间延陵剑,玉带明珠袍。

我昔斗鸡徒,连延五陵豪。

邀遮相组织,呵吓来煎熬。

君开万丛人,鞍马皆辟易。

告急清宪台,脱余北门厄。

……………

李白写过一些游侠内容的诗句,诸如:

结发未识事,所交尽豪雄。

——《赠从兄襄阳少府皓》

笑尽一杯酒,杀人都市中。

——《结客少年场行》

弓摧南山虎,手接太行猱。

——《白马篇》

十步杀一人,千里不留行。

——《侠客行》

李白对快意恩仇的游侠生活十分向往,他的游侠诗,虽然有时写今，有时写古，但是大都是以他这段生活经历为背景创作的。

李白的超级粉丝魏万说李白袖中藏着匕首，年轻时"手刃数人"。

大唐是有法律的，岂容李白随意杀人？

魏万说的"手刃数人"，大约是他这段与地痞流氓打群架的经历。唐人尚武，打死地痞流氓、手刃杀父仇人等，是一种可炫耀的资本。

我倾向于李白并未杀人。混大都市的地痞流氓，对官府是忌惮的，他们打架通常不以打死人为目的，而是以震慑住对方为目的。一把剑舞得虎虎生风，把对方的衣服划得稀烂，身上划出一道道血口子，身上鲜血淋漓，一看就很吓人，目的就达到了。

李白大约就是在这样的打群架中混了个"手刃数人"的形象。

李白行走江湖，给自己树立一个"手刃数人"的狠人形象，对他的安全是有利的，会让恶人对他心存忌惮。

李白当年在峨眉山认识的好友元丹丘此时隐居在嵩山。李白去嵩山拜访元丹丘，见元丹丘住处在碧水青山间，环境清幽，想想自己在闹哄哄的都市里，不由很羡慕元丹丘的生活方式，又起了归隐之心。

他在元丹丘山居墙壁上题诗一首。

故人栖东山，自爱丘壑美。
青春卧空林，白日犹不起。
松风清襟袖，石潭洗心耳。
羡君无纷喧，高枕碧霞里。

——《题元丹丘山居》

李白是个感情上非常放得开的人，即便如此，离家许久，也难免思念安陆的亲人。一个夜晚，李白在洛阳城里听到有人吹笛，是离别曲《折杨柳》，不由想起许小姐含泪送他之情形，便吟了一首《春夜洛城闻笛》：

谁家玉笛暗飞声，散入春风满洛城。
此夜曲中闻折柳，何人不起故园情。

一晃，李白在外已三载，他本想混出点名望再回安陆，岳父家再有名望，也不如自己混出名望来。正如他在《少年行》中所说："遮莫姻亲连帝城，不如当身自簪缨。"

后来李白见自己没有出仕的希望，也不能总在外面漂着，离家数载，该回去看看了。

他从洛阳出发，经南阳，回到安陆。

· 第三章 ·

东鲁：梦想开始的地方

隐居桃花岩

回安陆以后,李白的名利之心淡了,又迷恋起山水田园风光。他与许氏一起搬到与寿山一河之隔的白兆山桃花岩居住。

他在桃花岩耕田、读书,过着半隐居的生活。

他在给侍御刘绾的诗《安陆白兆山桃花岩寄刘侍御绾》里写道:

归来桃花岩,得憩云窗眠。
对岭人共语,饮潭猿相连。

有人不理解李白为什么到山中居住。城里住着多热闹啊,为什么要住到山里?李白懒得回答他们,只把目光移向青山深处,一溪清水清如许,夹岸桃花红烂漫。

问余何意栖碧山,笑而不答心自闲。

> 桃花流水窅然去，别有天地非人间。
>
> ——《山中问答》

李白朋友多，在山中住着也不寂寞，隔三岔五就有朋友来拜访。

他们在山花盛开的山坡上摆上山肴野珍，开怀畅饮。喝醉了，李白倒头就睡，朋友要走就走，爱来就明天再来。

> 两人对酌山花开，一杯一杯复一杯。
> 我醉欲眠卿且去，明朝有意抱琴来。

这首《山中与幽人对酌》，就其意思来说，不过是"一片野花开满坡，故人闲暇来拜访，主人殷勤把酒劝，脚步踉跄回家转"，然而意境上，天地差别。

李白写景诗，妙在其强烈的动感。

人与景动起来，就鲜活，有空间感、立体感、层次感。

"对酌""一杯一杯复一杯"，人是动的。一个"开"字，山花也动了。前景是动的，背景也是动的。"人"与"花"对应，仿佛花不是独自开，而是为人所开；前景与背景不是分离的，而是互动的，这是最妙之处。有满山野花为伴，即使两人对酌，也不孤单。

这首诗的画面剪辑得简洁利落。

前两句，没有对话，只有动作，起句是喝酒，第二句仍是喝酒。

后两句，没有动作，只有语言。说话人是"我"，对方是否答话，一字未写。

这样的画面剪辑，让我们知道，这是两个老朋友喝酒，不是达官贵人的酒宴。

达官贵人的酒宴，看上去觥筹交错，笑语盈盈，其实各怀心思，人人说着场面话；怕醉酒，怕献丑，怕言多有失，怕想搭讪的人搭讪不上。

老朋友喝酒，话不用多说，喝酒就是喝酒；想喝醉就喝醉，想睡就睡；想走就走，想来就来，明天来的时候记得抱张琴来，咱们一边弹琴一边喝酒，不是更美？我把话说完，我要睡了，你什么反应，我也不管。

这样的酒友，才是幽人。

我们赞美李白与友人不设防的心态时，也要想到，内心不设防，这是混官场之大忌。

权力与财富集中之处，必是人性险恶之处，必要的防范之心是要有的。玩政治要了解人性阴暗，走仕途，心里那根弦更应该比别人绷得紧一些。

桃花岩的明山秀水让李白身心放松。他心中的梦想之火并未熄灭，只是被现实浇了几盆冷水，火焰灭了，炭心仍是红的，水汽蒸发了，炭火又会呼呼烧起来。

李白听说襄州刺史韩朝宗喜欢推荐人才，连忙给韩朝宗写了一封自荐书。

韩朝宗做过荆州长史，人称韩荆州。

李白写了一篇《与韩荆州书》给韩朝宗。文章先把韩朝宗狠狠吹捧一番，他说："生不用封万户侯，但愿一识韩荆州。"

夸完韩荆州以后，李白又夸自己：

> 白陇西布衣，流落楚、汉。十五好剑术，遍干诸侯。三十成文章，历抵卿相。虽长不满七尺，而心雄万夫。王公大人许与气义。此畴曩心迹，安敢不尽于君侯哉！

李白表示，他能像东晋的袁宏那样"日试万言，倚马可待"，希望韩朝宗给他一个机会。李白的自荐书写得很恳切，也很有文采，但是不知何故没有打动韩朝宗。李白希望韩朝宗举荐自己的愿望还是没有实现。

屈指算来，李白来到安陆已经十年。梦想虽未实现，也不是毫无收获：他结了婚，生育了一双儿女，还结识了很多名人，拥有了一个比较稳固的社交圈子。

李白的湖北朋友圈以安陆为中心，辐射到江夏、襄阳、荆州、随州。此范围内的以及经过此地的诗人、名流、官员，李白大都与他们一起喝过酒，唱和过诗文。

李白在湖北朋友圈认识的名人，最值得一提的是孟浩然、王昌龄、宋之悌。

孟浩然、王昌龄与李白都是布衣出身，唐朝开科取士，给这些不甘平庸的平民子弟带来了希望。他们觉得通过努力，就会实现阶层跨越，进入仕宦阶层。

孟浩然从小写得一手好诗文，他刚开始走科举之路，就一举夺得县考第一名。不出意外，他会一路过关斩将，考中进士。然而没想到他的襄阳老乡、宰相张柬之被武三思陷害，流放泷州，忧愤而死，孟浩然一气之下罢考，回家去了。

后来孟浩然离开家乡漫游，拿着自己写的诗文干谒名人，他的诗作受到包括张说、张九龄、王维在内的很多名人的赞赏。有一次孟浩然在张说官署中闲聊，唐玄宗突然来了，孟浩然仓促之中无处可去，只好躲到床底下。可唐玄宗已经看到他了，孟浩然只好爬出来见唐玄宗。张说趁机向唐玄宗介绍孟浩然，说他的诗写得有多好，唐玄宗让孟浩然吟首诗听听。孟浩然吟道：

> 北阙休上书，南山归敝庐。
> 不才明主弃，多病故人疏。
> ……

——《岁暮归南山》

唐玄宗听了很不高兴,说:"卿不求仕,而朕未尝弃卿,奈何诬我?"孟浩然只好回到老家襄阳,寄情于山水,度过了悠然而郁闷的一生。

孟浩然擅长五言古诗、七言古诗,主张写诗"一气挥洒,妙极自然",他的诗风对李白影响很大,李白的五言律诗"多类浩然"。

李白说:"吾爱孟夫子,风流天下闻。"(《赠孟浩然》)

李白写给孟浩然的最有名的诗是《黄鹤楼送孟浩然之广陵》。

故人西辞黄鹤楼,烟花三月下扬州。

孤帆远影碧空尽,唯见长江天际流。

王昌龄人称"七绝圣手""诗家夫子",他的七绝,在整个唐朝无人可与之比肩。"秦时明月汉时关,万里长征人未还"(《出塞二首·其一》),"青海长云暗雪山,孤城遥望玉门关"(《从军行七首·其四》)"闺中少妇不知愁,春日凝妆上翠楼。忽见陌头杨柳色,悔教夫婿觅封侯"(《闺怨》),这几句合起来,就是李白《关山月》的全部内容。

王昌龄三十岁考中进士,一生坎坷,只做过几任小官,还多次被贬。

孟浩然、王昌龄、李白，这些中下层出身的知识分子大多仕途坎坷，他们对政治的运作方式一无所知，试错期太长，很多人来不及度过试错期，一生就过去了。世家官宦子弟的优势在于祖辈们总结了经验与教训，可以有效缩短试错期，比较容易走上仕途。

宋之悌是宋之问的弟弟。开元二十年（732年），宋之悌被贬到交趾，途经江夏，结识李白等人。

李白对宋子悌的遭遇非常同情，他在《江夏别宋之悌》一诗中写道："平生不下泪，于此泣无穷。"

李白与宋之悌的友情延续到下一辈身上。多年以后，李白卷入永王李璘叛逆案，被关入狱中，宋子悌的儿子宋若思等人设法搭救李白，李白才被释放出狱。

李白还拥有一个以洛阳与嵩山为中心的河南朋友圈。

李白取道河南西南部的南阳去长安，从长安去东都洛阳，由洛阳经今河南中东部的开封、商丘、嵩山、陈州等地回安陆，差不多环河南一周。

李白在洛阳认识的朋友中交情最深的是元演与崔成甫。

李白在写给元演的诗中说："黄金白璧买歌笑，一醉累月轻王侯。"

开元二十三年（735年）五月，元演邀请李白一起到太原游玩，元演之父时任太原府尹，是当地军政一把手。两人越过太行山，来到太原。元演之父热情接待李白，每天好酒好饭招待他。元演与李白一起去看了"天下九塞，雁门为首"的雁门关，去爬了长城。直到第二天春年，李白才辞别元演父子，离开太原。

崔成甫是李白一生中最重要的朋友之一，他与李白的友谊长达二十多年。李白四十多岁离开长安，到江淮地区漫游，崔成甫经常与他诗文唱和。

崔成甫去世以后，他的遗著《泽畔吟》还是李白写的序。

李白的老友元丹丘在嵩山隐居，李白通过他认识了岑勋，三人经常在一起饮酒，因而有了李白写的那首著名的《将进酒》。

君不见黄河之水天上来，奔流到海不复回。
君不见高堂明镜悲白发，朝如青丝暮成雪。
人生得意须尽欢，莫使金樽空对月。
天生我材必有用，千金散尽还复来。
烹羊宰牛且为乐，会须一饮三百杯。
岑夫子，丹丘生，将进酒，杯莫停。
与君歌一曲，请君为我倾耳听。
钟鼓馔玉不足贵，但愿长醉不愿醒。
古来圣贤皆寂寞，唯有饮者留其名。

陈王昔时宴平乐,斗酒十千恣欢谑。

主人何为言少钱,径须沽取对君酌。

五花马,千金裘,呼儿将出换美酒,与尔同销万古愁。

《将进酒》是乐府旧题之一,歌行体是李白最擅长的文体。

这首诗的文学水平不须多言,开篇两句就把同题诗甩出十条街。

李白通过元丹丘认识了元丹丘的老师胡紫阳。胡紫阳是一位道教名人,弟子三千,地方官员对他也恭恭敬敬。

李白与朋友元演一起去拜访胡紫阳,胡紫阳盛情招待,请来汉东太守陪酒。他们喝得大醉,胡紫阳请李白吹笛,汉东太守乘醉起舞……

李白枕着汉东太守的大腿,身上披着太守的锦袍,一觉呼呼睡到天明。

李白把这些过往写在了《忆旧游寄谯郡元参军》中。

············

银鞍金络倒平地,汉东太守来相迎。

紫阳之真人,邀我吹玉笙。

餐霞楼上动仙乐,嘈然宛似鸾凤鸣。

袖长管催欲轻举,汉中太守醉起舞。

手持锦袍覆我身，我醉横眠枕其股。

…………

李白在南阳还认识了丁忧在家的崔宗之。

崔宗之，名成辅，字宗之，是宰相崔日用之子，袭封齐国公。

崔宗之是一位翩翩美少年，与李白一样喜欢喝酒，后来李白奉诏入京，在长安与崔宗之再次相遇。杜甫写的"醉中八友"，就有李白与崔宗之。

后李白被唐玄宗赐金还山，游金陵，与崔宗之一起月夜泛舟从采石至金陵。

崔宗之去世以后，李白看到崔宗之赠给他的孔子琴，抚琴潸然泪下，叹道："一朝摧玉树，生死殊飘忽。留我孔子琴，琴存人已殁。谁传《广陵散》，但哭邙山骨。泉户何时明，长扫狐兔窟。"（《忆崔郎中宗之游南阳遗吾孔子琴抚之潸然感旧》）

故人已逝,红颜凋零

李白四十岁了,仍是一介布衣。

虽然他结交了很多朋友,认识了很多名人,可是他不是只想认识名人,然后对外炫耀我认识某某某,而是想"申管晏之谈,谋帝王之术",实现"寰区大定,海县清一"的人生梦想。

他现在连帝王都没见到,如何"谋帝王之术"?

李白心中时常惆怅迷惘。有时他想,归隐山林算了,在山水田园之间,多么舒适,多么惬意。然而,在山林间待上一段时间后,李白的天才病又发作了。

天才是需要世人承认的,只有在人群里,天才才是天才;在山水之间,一个人与一只猴子有何差别?于是李白走出山林,去干谒贵人,请求举荐。

就这样反反复复,李白的黄金岁月快要过去了。

李白四十岁这年,他的好友孟浩然在襄阳去世了。

孟浩然在出身、性格、诗风上,与李白至少有八分相似。自幼胸怀大志的孟浩然一生没有获得出仕的机会，最后老死于田园间。

孟浩然的这一生，很可能就是李白的一生。

对李白来说，还有更让他挂心的事情。这年，或者更早的时候，他的妻子许氏病逝了。

李白赶回家中时，已不见伊人芳踪。空室寂寂，仿佛唤一声许氏的名字，她就会走出来，扑在他怀里嘤嘤啜泣，诉说她对他的想念。她与他把酒洗尘，同入罗帷，软玉温存。

如今，她睡过的被褥犹在，她穿过的衣服尚存，她生的一双儿女，平阳与伯禽，像一对可怜巴巴的小雏鸟，看见爹爹回来，抱住爹爹的腿，呜呜哭个不停。

只是她再也不会出来。

许氏与李白共同生活十年，锦瑟华年嫁作李白妇，青春将逝时悄然离去，像一颗流星，从李白生命中划过。

但她不是流星，她给李白留下了一双儿女，两个孩子泪水模糊的小脸让李白心中惶惑，他从此就要既当爹又当娘了。

该如何评价李白这个丈夫呢？

从一个理想丈夫的角度去衡量，他是不合格的。他与许氏十年婚姻，聚少离多，在家的日子，大多数时间也是与朋友喝酒，喝多了就躺在床上大睡。他没能获得出仕的机会，让许氏分享他的荣光。在这段婚姻中，许氏多的是思念与牵挂，空守深闺的寂寞与孤独。

但是，世间有几个理想丈夫？我们不能拿今天的标准要求唐人。放在唐代背景下看，李白不算一个不好的丈夫。他天性乐观、本性善良，不论是感动、愤慨、快乐、烦恼，都很快忘到脑后去，且是个很容易被感动的人。一个如此性格的人，只要对方不是苛求之人，是可以接受的。

李白"诗仙"这个名号不是白叫的。他像仙人一样掠过凡尘，像追逐天上的月亮一样追逐他心中的梦想。从生到老，李白最强烈的感情都倾注在他终其一生没能实现的"寰区大定，海县清一"的梦想中。其他的一切，都只能为梦想让路。二十岁时，他愤愤写下"大鹏一日同风起，扶摇直上九万里"；六十多岁去世前，他不甘地写下"大鹏飞兮振八裔，中天摧兮力不济"（《临路歌》）。他还无数次呐喊"大道如青天，我独不得出""停杯投箸不能食，拔剑四顾心茫然"（《行路难·其一》）。当一个人心里被这样的痛折磨着时，他别的痛觉是迟钝的。

李白从来没有给他的妻子许氏写过感情这样强烈的诗句。

他爱过她，思念过她，只是在他心中，她的死亡之痛不如他的梦想未竟之痛那样强烈。

这个名叫李白的男子的灵魂里，住着一只叫作天才的鸟。它扇着翅膀，发着光、发着热、鸣叫着、呐喊着，在他的体内躁动不安,要从他的身体里找个突破口冲出来,把它的能量释放出来,不然就会扰得他灵魂不安。

一个人如果有很特殊的才能、很强烈的欲望,他就会成为才能与欲望的奴隶。

李白就是他的天赋的奴隶。

从许氏的角度来说,生命如此短暂,与一个凡夫俗子耳鬓厮磨是一世,与一个天才隔着灵魂对望也是一世。可能许氏更愿意遇到一个天才丈夫呢?至少,她死后还在他的诗里,永恒地活着。

婚姻这东西,如人饮水,冷暖自知。

时光的车轮滚滚向前,把大唐王朝推向极盛。

开元二十八年(740年),天下富庶,四海承平。长安、洛阳两城以物价贵而闻名,斗米仅值二百钱,小城镇、乡村,米价更贱。米价是衡量一个时代富庶还是贫乏的重要指标,盛世物阜年丰,米价便宜;乱世人心惶惶,无心耕作,人们仅求活命而已,粮食贵如珠宝,珠玉贱如瓦砾。

大唐王朝此时像一只熟透的苹果,散发着香甜而腐烂的气息。

一个生命有青春与衰老,一个王朝也无法逃脱由盛到衰的命运。唐朝已经走到由盛到衰的节点上,只是盛世繁华迷住了所有人的眼，人们没有发现繁华掩盖着的危机。

唐朝的盛世繁华建立在几代帝王励精图治的基础上，亦建立在稳定的土地制度与兵役制度的基础上。

唐朝沿袭北魏以来的土地制度，实行均田制，给十八岁以上的中男和丁男授田，每人口分田八十亩，永业田二十亩；老男、残疾授口分田四十亩；寡妻妾授口分田三十亩。这种人人耕其田的理想化状态适用于田多人少的乱世。盛世之下，人口增长迅速，官僚权贵阶层膨胀，官府无田可授。获得授田的农户不堪官府盘剥，弃田逃亡，产生大量流民与逃户。流民的产生不利于社会稳定，逃户的产生不利于国家税收。到唐玄宗时，均田制已经很难维持了。唐玄宗不得不重申均田令，让那些以流民与逃户为主的客户在所在地落籍。

李白一家，其实也是客户。

李白的父亲客居绵州。李白客居安陆。

李白入赘于许家毫无心理压力，大约是因为他家本来就是客户，不过是原先客居于绵州，后来客居于安州。客户是当时社会中的流动人口，没有土户那样浓厚的乡土情结。

与均田制一起遭到破坏的还有府兵制。

府兵制也不是唐代独创，而是沿用西魏旧制。府兵制是兵农一体的制度，战时为兵，闲时为农。府兵制与均田制密切关联，均田制破坏，府兵制也无法维持，唐玄宗重申均田令时，允许招募流民中的健儿参军。这个措施很有实效,既减少了流民,又补充了兵源。但是潜在危险性很大,这些流民中的健儿对朝廷是没有忠诚度的,往往会沦为野心将领们的雇佣军。

可在当时,人们还没有意识到这些隐患。或者说,意识到也无可奈何。

有些矛盾是很难解决的。

绝对平均主义的状态美好而脆弱,人有贤愚,物有优劣,大自然是参差不齐的,除非像修剪草坪那样定期修剪,否则平均状态很容易被打破。

平均状态是一种最稳定的状态。一个动态时代对帝王的素质要求很高,那些伟大帝王能够在错综复杂的问题之中找到关键点,能够在一个动态社会中前瞻性地预见未来,巧妙用力,化险为夷,或者拖延某个矛盾点的来临,等待时机顺势化解。

就个人素质而言,唐玄宗是一位伟大的帝王。他英明、果决、豁达、包容,富有文学与艺术才思,大唐诗歌的繁荣与他对文学艺术的热爱有很大关系。如果他在六十岁以前死去,他的声名几乎可以与他的太爷爷李世民媲美。

可是,他活到了七十八岁。

公元740年,唐玄宗李隆基五十六岁,当皇帝二十八年。接近三十年的励精图治让他心中滋生出几许骄傲。他觉得,他获得了非凡的成就,大唐王朝已在富庶的惯性轨道上行驶,他这个驾驶员不需要再把生命的弦绷得太紧，可以身心放松，享受人生乐趣了。

李隆基是个无情又深情的皇帝。无情，几乎是帝王的共性；深情，却不是每个皇帝都有的。当然，帝王的深情只是对某个人深情，对这个人越深情，对另外的人就越无情。

唐玄宗前半生深情眷恋着的女人是武惠妃。武惠妃是武则天的内侄孙女，她像武则天一样工于心计，想坐上皇后之位，让她的儿子当上皇太子，无奈大臣不答应。唐玄宗的大腿扭不过这一条条意志坚定的胳膊，未能实现把心爱的女人扶上皇后之位的愿望。

武惠妃去世以后，李隆基陷入深深的寂寞之中。宫中虽有美女数千，可是李隆基要的不仅仅是姿色美，还希望这个女子聪明伶俐，配得上他的智商；还希望这个女子有艺术才华，与他这个超级音乐发烧友有共同语言；当然，更希望这个女子家世好，出身名门——在唐代宫廷里，这一条是很重要的。

这样的女子可就很难找了。

然而若是有心，也不是找不到。

有人向李隆基推荐他的儿媳杨玉环，说杨玉环"姿色冠代，宜蒙召见"。杨玉环是唐玄宗第十八子寿王李瑁的妃子，李瑁母亲是武惠妃。唐代宫廷深受胡风影响，伦理观念不强，唐太宗把弟媳杨氏纳入宫中，唐高宗立庶母武则天为皇后，唐玄宗召见儿媳也没有引发舆论的惊涛骇浪。

杨玉环果然是个给唐玄宗量身定做的美人,唐玄宗喜欢的一切特质,她身上都有。

她美艳无比,面如芙蓉、肤如凝脂,通音律、擅歌舞,性情机警、智算过人,能够像计算机一样快速准确地捕捉李隆基的情绪,揣摩其心意,仿佛是比照着李隆基心中的理想蓝图生出来的一个美人。

杨玉环的家世也很好,她出身于弘农杨氏,高祖官至隋朝上柱国、吏部尚书,父亲做过蜀州司户。

唐玄宗陷入一场轰轰烈烈名传千古的黄昏恋中。

唐玄宗为了掩人耳目,以给母亲窦太后祈福为理由,让杨玉环出家为女道士,赐号太真;然后他给儿子李瑁另娶了一个女人,为把杨玉环变为他的正式妃子做铺垫。

这是李隆基的个人私事,然而,对皇帝来说,私事关联着国事。皇帝有权利享乐,有权利颐养天年。只是他享乐,百姓就要为他的享乐买单。

唐玄宗很自信,上一年,他刚给自己上尊号"开元圣文神武皇帝"。尊号是臣子们敬上的,却也代表着他本人的态度,他认可自己是一位文武兼备神圣英明的皇帝。

实际上,唐朝的吏治在悄悄败坏。

唐玄宗前期任用的几位宰相,姚崇、宋璟、张说、张九龄,都称得上一代贤相。就在公元740年,唐玄宗时期最后一位贤相张九龄去世了。

张九龄去世代表着帷幕落下,贤相时代结束了。

继任宰相的李林甫与杨国忠,一个比一个阴险,一个比一个不学无术。

宰相的品质优劣是吏治好坏的晴雨表。奸相当道的时代,吏治也好不到哪去。

李白将在以后几年与这些人一一相逢。

寄家东鲁

这些年,李白不是在流浪,就是在流浪的路上。许氏故去,那条牵着李白的线断了,风筝又要飘远了。李白重新踏上了流浪之路。

只是这次不像以前几次那样潇洒,他身边多了一双儿女,小姐弟只有几岁,一路上少不得争抢食物、玩具,哭哭啼啼,一会儿渴了,一会儿饿了,弄得李白整个行程不得安宁。白天大部分时候,两个孩子还是很高兴的,坐在车上,骑在马背,看着一路变化的风景,暂时忘记丧母之痛,咯咯笑个不停,让李白分外开心。

此情此景,多像三十多年前,小李白坐在马背的驮筐里,跟着父母辗转几千里,从西域回内地的情景。

李白不是个顾家的男人,儿女出生以来,他很少有时间和精力照顾儿女。古代人也不大主张父亲照顾儿女,总认为男主外、女主内,照顾儿女是母亲的责任。然而这一路上,李白少不得要学着照顾两个孩子。

李白原先是无酒不欢的，为了一双儿女，他只好忍着酒瘾。李白的诗歌大都是在酒精刺激下创作的，如今带着儿女不敢喝酒，也作不出好诗来。

我们通常从李白的诗句中了解李白生平，这次迁徙途中李白没有诗句流传下来，我们不知他是沿着哪条路线去的东鲁，也不知他一个男人带着两个小孩子是怎样走那么长的路的。

李白带着一双儿女在东鲁安了家。

李白安家的地方，现有两种观点，一种认为他安家于任城，另一种认为他安家于兖州。任城与兖州相距不远，都在今山东济宁市。

济宁在山东西南部，古代济水、泗水从附近流过。春秋时期，吴王夫差开凿运河，连通济水与泗水。济水连黄河，泗水连淮河，淮河通过运河邗沟连通长江，初次打通了南北水上交通大动脉，后来的隋唐大运河大致上沿着这个走向。

李白带着一双儿女移居于东鲁，首先是有地理位置上的考虑，从东鲁沿着大运河南下扬州、北上洛阳都很方便，从扬州很容易去金陵，从洛阳很容易去长安。这跟李白一家早年定居于四川江油有异曲同工之处。

从人文上来说，东鲁是儒家文化发源地，人文气息浓厚。

《旧唐书·李白传》说李白在任城安家的原因是"父为任城

尉，因家焉"，这个说法不确切，范传正在李白碑文中说李白父亲"高卧云林，不求禄仕"，"不求禄仕"是客气的说法，就是一辈子没做官之意。

《旧唐书》中的李白之父，实则为李白六父。李白有一首《对雪奉饯任城六父秩满归京》的诗就能说明。

> 龙虎谢鞭策，鹓鸾不司晨。
> 君看海上鹤，何似笼中鹑。
> 独用天地心，浮云乃吾身。
> 虽将簪组狎，若与烟霞亲。
> 季父有英风，白眉超常伦。
> 一官即梦寐，脱屣归西秦。
> 窦公敞华筵，墨客尽来臻。
> 燕歌落胡雁，郢曲回阳春。
> 征马百度嘶，游车动行尘。
> 踟蹰未忍去，恋此四座人。
> 饯离驻高驾，惜别空殷勤。
> 何时竹林下，更与步兵邻。

李白对这个六父的称呼有点特别，一是称之为"父"，而不是"叔"；二是没题上名字。李白对那些认来的叔辈，通常会称之为叔,在标题中题上名字,比如《宣州谢朓楼饯别校书叔云》,这个"叔"的名字是李云。从李白的称呼来看,这个六父好像跟他有血缘关系,有可能是李白的从叔,不大可能是李白的亲叔叔。如果李白父亲是逃归,他叔叔显然也不可能做官。

李白的诗中还有李幼成、李冽、李凝等几位从弟。李冽在《新唐书·宰相世系表》有载,是姑臧大房李防之子,与李白诗中的另一位弟李凝可能是兄弟。

姑臧是陇西李氏的一支,李白自称是陇西李氏,跟他们的关系比别人更亲近一些。

东鲁民风淳朴,李白在东鲁过得比较顺心,当然也有让他不开心的事。最让他不开心的事情就是他经常跟东鲁的腐儒发生思想观念上的矛盾。

东鲁是儒家思想的发源地,儒生特别多。

儒生跟儒生也是不一样的,像王阳明、曾国藩那样的儒生跟那些视野狭隘的老儒差异大了去了。前者把儒家思想用于实践,后者只是死钻儒家经典。

在东鲁的这些儒生之中,有些在儒家研究方面造诣很深;有些抱残守缺,一辈子埋头于书中寻章摘句。

这本也无所谓,一个人总得有点爱好,不能说哪个人资质不好,就不让他钻研某门学问。就像写诗,有些人没有李白的资质,他就是爱好诗歌,也不能剥夺他写诗的权利。

这些东鲁儒生跟李白在生活中难免有交集,墨守成规的乡间老儒与天资卓越的李白,谁也看不惯谁,谁也理解不了谁。

李白毫不客气地写诗挖苦他们,其中有一首《嘲鲁儒》。

> 鲁叟谈五经,白发死章句。
> 问以经济策,茫如坠烟雾。
> 足著远游履,首戴方山巾。
> 缓步从直道,未行先起尘。
> 秦家丞相府,不重褒衣人。
> 君非叔孙通,与我本殊伦。
> 时事且未达,归耕汶水滨。

鲁地老儒头发都白了,一辈子抱着《五经》寻章摘句,问他们治世之策,他们如坠云雾,什么都答不出来。他们脚上穿着远游履,头上戴着方山巾,走路迈着四方步。秦朝焚书坑儒把你们搞得好惨吧?你们不是叔孙通,我跟你们不是一类人。就你们这点子见识,还是到汶水边上种田去吧。

李白挖苦起人来,还真是毒辣。他用文字画了一幅讽刺漫画,把那些老儒的可笑面目描绘得活灵活现,让人禁不住哑然失笑。

李白大约是气坏了,气坏了的原因是这些人居然轻视他。

李白别的都能忍,唯独轻视他是忍不了的。李白一生都在为实现"寰区大定,海县清一"的人生目标而奋斗,支撑他百折不挠的动力就是他对自己天才之资的自信。否定他的天才之资,就是对他人生根基的否定。

在此之前,李白外出漫游时,有可能来过一次东鲁。他在《五月东鲁行答汶上翁》一诗中说他来山东学过剑。

> 五月梅始黄,蚕凋桑柘空。
> 鲁人重织作,机杼鸣帘栊。
> 顾余不及仕,学剑来山东。
> 举鞭访前途,获笑汶上翁。
> 下愚忽壮士,未足论穷通。
> 我以一箭书,能取聊城功。
> 终然不受赏,羞与时人同。
> 西归去直道,落日昏阴虹。
> 此去尔勿言,甘心为转蓬。

五月梅子黄,桑树上的蚕已经结茧,家家户户响着机杼之声。李白到东鲁来学剑,途中迷了路,向汶水上一位老人问路,老人听说他的来意,嘲笑了他一番,气得李白大发牢骚,说你这个愚夫,我跟你没有共同语言,我有像鲁仲连那样用"一箭书"

立下奇功的才能,将来功成身退,不与你们这些人为伍。我要在黄昏前赶路,不跟你们废话了,拜拜!

李白想跟谁学剑?谁值得他大老远跑到东鲁来?

李白去世一个多世纪以后,有个粉丝裴敬去当涂拜谒李白之墓,还给李白重新立了一块碑。他在碑文中说:"(李白)又常心许剑舞,裴将军,予曾叔祖也,尝投书曰:'白愿出将军门下。'"裴敬的这个曾叔祖,是唐代最有名的剑舞高手裴旻。

关于裴旻舞剑,有各种神奇传说。

据记载,裴旻母亲去世,他在家服丧,并请著名画家吴道子在东都洛阳天宫寺画神鬼内容的壁画,超度亡魂。吴道子说:"我很久没画了,如果将军有意,给我舞剑一曲,我受些启发。"裴旻脱去丧服,换上平时的衣服,只见他走马如飞,左旋右击,现场几千观众看得眼珠子都直了。忽然,裴旻把剑掷向空中,高数十丈,宝剑像一道闪电从空中落下来,观众吓得惊叫起来。却见裴旻拿着剑鞘往空中一接,宝剑正好落入剑鞘中。人们情不自禁,叫好之声如雷鸣一般。吴道子的灵感被激发出来,他挥洒画笔,笔走龙蛇,飒飒生风,顷刻之间就画出一壁鬼神。围观的人先被裴旻的剑舞惊呆,后又被吴道子的画技惊呆。

裴旻的剑舞不是花架子,而是优美舞姿与实战技术的完美结合。

《朝野佥载》记载,裴旻与幽州都督孙佺一起北征,被奚人围住,奚人乱箭齐飞,裴旻在马上把轮刀舞得呼呼生风,乱箭应声而落,奚人不敢惹他们,只好逃走了。

唐文宗把李白诗歌、张旭草书、裴旻剑舞,称为"三绝"。

李白这两首诗中,提到两个古人名,鲁仲连与叔孙通。

他们是李白的新偶像。

鲁仲连是战国时期齐国人。齐国被燕国打败,差点亡国,齐将田单反败为胜,带领齐军收复被燕国人占领的失地,只有聊城没有被攻克。鲁仲连写了一封信,用箭射进城里去。他在信中给燕国守将分析形势,劝他退兵回燕国或者降齐。燕国守将读后内心很受震动,主动罢兵,齐国收复聊城。齐王想赏赐鲁仲连,鲁仲连不肯接受,跑到海边隐居起来。

叔孙通是秦待诏博士,后加入反秦队伍中。西汉建立,他自荐为汉王朝制定朝廷礼仪,汉高祖刘邦大为高兴。叔孙通官至奉常。

鲁仲连、叔孙通与李白以前的偶像司马相如、范蠡、张良有相似之处,他们都是凭借才华或智识立奇功,受到君王器重,除叔孙通以外都功成身退。

这是李白给自己设计的人生道路,他不想一层层爬科举,只寄希望于一种戏剧性人生——因为某种机遇得到君王的赏识,施奇计,展才华;功成以后不贪功,不恋权,隐退江湖,潇洒度过余生。

李白的人生设计有点太天真了。

李白年轻时跟赵蕤学过帝王之策、纵横之术，他认为自己有理论基础，只是没有机会把理论付诸实践。其实李白高估自己了，那些老儒固然可笑，但李白的治国之术也是纸上谈兵，不具备现实操作性。

春秋战国与秦末汉初，世事纷乱，且人心质朴、漫无心计，一个人稍稍有点口才、心计，就很容易在某个时刻干出一件让人震惊的事情来，比如说服某位国君，愚弄某位大臣。

这种所谓的"奇谋"即使成功，也不影响大局。真正左右大局的人，比如张良，并不是靠一点灵光乍现的奇谋，而是他祖上五世相韩，祖宗几代积累了丰富的政治经验。

竹溪六逸

李白爱山、爱水、爱月,尤其爱水中月,水月交辉,水有了质感,月有了维度。

李白诗中的很多月都是水中月,难怪李白去世以后,人们说他在水中捉月而死。

水中映着月色,月光流泻水中,天地间明亮亮的一片,像个神话世界,李白就是那个神话世界中的孩子。

李白喜欢写水中月,大约是水月一体的景色特别有画面感。

《旧唐书·李白传》说崔宗之贬官金陵,与李白诗酒唱和。有一天晚上,两人看到月色皎皎,乘兴坐上一只船,从采石矶一直坐到金陵。李白穿着白色宫锦袍,在船上旁若无人,谈笑自若。

《旧唐书》为什么特别记录这个细节呢?我们现在的武侠小说、言情小说中经常出现白衣侠客、白衣少年的形象,实际上古人很少穿白色,粗布白衣显不出贵气,还很容易弄脏,只有质地极好和颜色极纯净的白色才有仙气飘飘的感觉。没钱人穿不起这样质地的衣服；有钱人难免俗气，穿上也没有仙气。那么，只有李白这样的"谪仙人"，穿上白色的宫锦袍才有天上仙人的感觉。

想想那个场景吧：

月光像水带一样从天上倾泻下来，江面的波纹把月光打碎，一叶小舟在无限银光中飞快地行驶着，"皎如玉树临风前"的崔宗之与身穿宫锦袍的李白在船上并肩而立，李白的锦袍流光溢彩，泛着真丝特有的柔媚光泽。

如果说武侠小说中的白衣侠士、言情小说中的白衣少年是我们现代人的梦，那么穿着白色宫锦袍，在月色中泛江而行的李白就是古代文人梦想中的形象。

日落沙明天倒开，波摇石动水萦回。
轻舟泛月寻溪转，疑是山阴雪后来。

——《东鲁门泛舟二首·其一》

水作青龙盘石堤，桃花夹岸鲁门西。
若教月下乘舟去，何啻风流到剡溪。

——《东鲁门泛舟二首·其二》

这是李白在东鲁门泛舟时写的两首诗。

李白坐在小船上，从白天坐到傍晚，从傍晚坐到月色当头。

李白在诗中没有写时间流逝，而是把两个画面拼在一起：一个画面是夕阳落山；另一个画面是河边的沙地明亮亮的，河里有一个倒着的天空。

"日落"以后本来是"沙暗"，拼接画面中却反常地出现"沙明"。

再看画面中的"天倒开"，我们顿悟：原来是月亮升起来，月光把沙地照亮，把河水照亮，清澈的河水把天空映出来，出现了"沙明""天倒开"的反常景象。

反常的原因是我们没有注意到时间流逝，把时间维度算进去，反常的就变正常了。

李白真是天生的诗人，一位镜头语言大师，一位高明的剪辑师。

在这美好的月色之中，李白想起东晋王子猷雪夜访戴的故事。

王子猷是王羲之第五子。他居住在山阴的时候，一夜大雪，天地皆白，他想起好友戴逵住在剡溪，就想去剡溪拜访戴逵。舟行一夜，到达戴逵门前，王子猷却没有上岸，掉头回去了。别人问他为什么，他说："我乘兴而来，兴尽而归，何必见戴？"

魏晋有很多放诞风流的人物，他们遵从本心，不为世俗羁绊，王子猷就是其中的一个。

访戴本来是个由头，他爱的是这雪夜良景。

月光下，一切都是模糊的，空间模糊，时间也模糊。

四百年前的风流往事，浮上李白心头，他觉得，当年雪夜访戴的王子猷也不过如此潇洒风流吧。

李白在东鲁也结交了很多朋友，写了很多送别诗，比如这首《送鲁郡刘长史迁弘农长史》。

鲁国一杯水，难容横海鳞。
仲尼且不敬，况乃寻常人。
白玉换斗粟，黄金买尺薪。
闭门木叶下，始觉秋非春。
闻君向西迁，地即鼎湖邻。
宝镜匣苍藓，丹经埋素尘。
轩后上天时，攀龙遗小臣。
及此留惠爱，庶几风化淳。
鲁缟如白烟，五缣不成束。
临行赠贫交，一尺重山岳。
相国齐晏子，赠行不及言。
托阴当树李，忘忧当树萱。
他日见张禄，绨袍怀旧恩。

这是李白写给刘长史的送别诗。

鲁郡的刘长史迁为弘农长史。临行前，他把五匹白缣赠给李白作留念。李白很感动，写诗感谢刘长史，夸他是一个大才，在这个小地方受委屈了，他到弘农去，肯定会有一番大作为。刘长史送给李白这个贫贱之交五匹缣，一尺比山岳还重。将来发达了，李白会报答他的恩情。

> 长桑晓洞视，五藏无全牛。
> 赵叟得秘诀，还从方士游。
> 西过获麟台，为我吊孔丘。
> 念别复怀古，潸然空泪流。

这是李白送方士赵叟去东平时写的送别诗《送方士赵叟之东平》。

李白跟赵叟说，你往西去经过获麟台时，替我吊唁孔子。我既送别你，又怀念古人，不由泪水潸潸。

据载，鲁哀公十四年，叔孙氏在大野泽猎获一只麟，麟在古代传说中是瑞兽。孔子听说以后，伤感周道不兴，修订《春秋》至此事而绝笔。

李白四十多岁，还没有看到一丝人生希望，有时难免悲观。李白看不起东鲁的那些腐儒，但对孔子，他是同情的。孔子跟李白一样，怀着一个美好的梦想。在春秋乱世，孔子目睹礼崩乐坏的现实，一心想重建一个有着新秩序的美好世界，然而终其一生没有实现，最后在遗憾中离世。

四十多岁壮志未酬的李白，想起孔子的遭遇，不免心中戚戚然。

有时候李白悲观地想，自己可能跟孔子一样，伟大的梦想一生都无法实现了。

> 远海动风色，吹愁落天涯。
> 南星变大火，热气馀丹霞。
> 光景不可回，六龙转天车。
> 荆人泣美玉，鲁叟悲匏瓜。
> 功业若梦里，抚琴发长嗟。
> 裴生信英迈，屈起多才华。
> 历抵海岱豪，结交鲁朱家。
> 复携两少女，艳色惊荷葩。
> 双歌入青云，但惜白日斜。
> 穷溟出宝贝，大泽饶龙蛇。
> 明主傥见收，烟霞路非赊。
> 时命若不会，归应炼丹砂。

这首诗名为《早秋赠裴十七仲堪》，是李白对后辈友人的赞美及鼓励,诗中的"鲁叟悲匏瓜"还是说孔子。

《论语·阳货》中孔子说:"吾岂匏瓜也哉?焉能系而不食?"

晋大夫范中行的家臣佛肸召孔子,孔子想去,子路问孔子:"过去我听您说,不干好事的人那里,君子是不去的。佛肸在中牟叛乱,您怎么还想去呢?"孔子说:"我难道是匏瓜吗?只能挂在墙上,而不能让人食用?"

孔子的意思是说,一个人有才能是要施展的,不能有才能而不施展,像只葫芦那样挂在墙上当装饰。

李白在这三首诗中都提到了孔子,他不在意孔子的思想,而是孔子的人生经历触动了他。他感叹孔子那样的大贤大才之人都没有受到重用,何况是他。他非常认可孔子说的"吾岂匏瓜也哉?焉能系而不食"。他是个怀着入世之心的出世之人。

玉壶挈美酒,送别强为欢。
大火南星月,长郊北路难。
殷王期负鼎,汶水起垂竿。
莫学东山卧,参差老谢安。

这是李白送朋友梁四去东平的时候写的送别诗《送梁四归东平》。诗中李白引用了伊尹的典故。

伊尹是夏朝一个做饭的奴隶,他一边围着大鼎做饭,一边研究治国之术。商汤发现伊尹是个人才,便重用他。在伊尹的帮助下,商汤灭掉了夏朝。伊尹辅佐五代商王,享年百岁。

李白用这个典故勉励梁四,现在圣明天子正是用人之时,收起你在汶水上钓鱼的鱼钩,不要学谢安那样东山高卧,那样会默默无闻老死民间的。

这与其说是勉励梁四,不如说是勉励李白自己。

李白虽然四十多岁了,心里还有一团火焰在燃烧着。因着这个梦想,他青春不老,壮心不已。

> 皎皎鸾凤姿,飘飘神仙气。
> 梅生亦何事,来作南昌尉。
> 清风佐鸣琴,寂寞道为贵。
> 一见过所闻,操持难与群。
> 毫挥鲁邑讼,目送瀛洲云。
> 我隐屠钓下,尔当玉石分。
> 无由接高论,空此仰清芬。

这是李白拜访瑕丘王少府时写的诗《赠瑕丘王少府》。

李白夸赞王少府抱元守一,清心寡欲,像一位仙人。李白移居兖州瑕丘,王少府是地方官,李白要人家照顾,总得说上几句好话。

李白最爱的还是酒,只要有好酒喝着,什么烦恼也抛到九霄云外去。

> 兰陵美酒郁金香,玉碗盛来琥珀光。
> 但使主人能醉客,不知何处是他乡。

在《客中行》这首诗中,我们可以看到,兰陵出产的美酒散发出与郁金香一样浓郁的香气,盛在白色的酒碗里是琥珀一样的颜色。只要主客尽欢,一醉方休,李白就忘记自己客居他乡了。

五岳之尊的泰山就在东鲁,"五岳寻仙不辞远,一生好入名山游"(《庐山谣寄卢侍御虚舟》)的李白当然不会错过这个登山寻仙的机会。

泰山又名岱山、岱宗,为五岳之东岳,山体雄伟秀丽,耸立于齐鲁平原之上。《述异记》中说,盘古死后,他的头化为东岳泰山,脚化为西岳华山,左臂化为南岳衡山,右臂化为北岳恒山。泰山是盘古之头所化,故为五岳之尊。

古人认为泰山"直通帝所"。从秦始皇开始,多位帝王来泰山封禅或祭祀,祈求上天保佑国泰民安。开元十三年(725年),唐玄宗率领浩浩荡荡的人马到泰山封禅,那时李白出蜀不久,正在金陵,转眼已是十余年,那个朝气蓬勃的青年如今已到不惑之年。他转了大半个中国,娶妻,丧偶,如今拖着一双儿女来到泰山脚下。

初夏四月,李白登上泰山作《游泰山六首》。其一写道:

> 四月上泰山,石平御道开。
> 六龙过万壑,涧谷随萦回。
> 马迹绕碧峰,于今满青苔。

十几年过去,当年为唐玄宗封禅开出来的御道还在,当年被扈从唐玄宗的骑兵踏出来的马蹄印上已经长满青苔。

> 飞流洒绝巘,水急松声哀。
> 北眺崿嶂奇,倾崖向东摧。
> 洞门闭石扇,地底兴云雷。
> 登高望蓬瀛,想象金银台。
> 天门一长啸,万里清风来。

一路上飞流、瀑布、松涛,李白看到陡峭的扇子峰,来到险峻的南天门,万里长风掠过平原、山峦扑面而来,给李白穿上风的衣裳。

> 玉女四五人，飘飖下九垓。
> 含笑引素手，遗我流霞杯。
> 稽首再拜之，自愧非仙才。
> 旷然小宇宙，弃世何悠哉。

在这远离尘世之地，李白看到天上的仙女飘飘而来，她们拉着李白的手走上天庭，送给他一只天边流霞一样的杯子。李白感到很惭愧，自己并非仙才，却接受仙女如此厚赠。在山巅上俯视，宇宙如此之小，尘世有什么值得留恋的呢？

李白写的这首《游泰山六首·其一》是山水诗，也是游仙诗。

游仙诗从文学形式上来说起源于楚辞、汉赋，从内容源头上来说与从战国时兴起的神仙方士之术有关。战国、秦汉之时，就有很多人在风景秀丽的山中探访神仙踪迹。他们以歌赋的形式描述自己的寻仙过程，表达自己对神仙生活的向往。

李白是个有神仙气质的人。他写仙人仙女时，没有想象的痕迹，好像自己就是仙人中的一个，真的看到了仙人一般。

这首诗中的仙女还是个缥缈形象，另一首诗《游泰山六首·其二》里的仙人不但有外貌描写，还有李白与仙人相见的细节。

> 清晓骑白鹿，直上天门山。
> 山际逢羽人，方瞳好容颜。

扪萝欲就语，却掩青云关。
遗我鸟迹书，飘然落岩间。
其字乃上古，读之了不闲。
感此三叹息，从师方未还。

李白说，我早上骑着鹿来到天门山，在山上遇到一位仙人，他鹤发童颜。我扶着山崖上的绿萝想与仙人说话，仙人却把青云间的石门关上。他从云间抛下一本书，书轻飘飘落到山岩上，我捡起来一看，只见书上是上古鸟文，我一个也不认识，再三叹息，怅然若失。

这像一部修仙小说中的情节，又像一帧电影画面。

李白的诗有画面感，不仅现实中的景物有画面感，想象出来的情景也有极强的画面感。

泰山东南有座山，名为徂徕山，不如泰山壮观，却也幽深秀丽，山上以古树美松而闻名。

李白在东鲁结识孔巢父、韩准、裴政、张叔明、陶沔等人，他们一起隐居在徂徕山下的竹溪，每日游山玩水，纵情高歌，人们称他们为"竹溪六逸"。

从李白的诗作《送韩准、裴政、孔巢父还山》能看到他们这段隐居生活的情况。

> 猎客张兔罝，不能挂龙虎。
> 所以青云人，高歌在岩户。
> 韩生信英彦，裴子含清真。
> 孔侯复秀出，俱与云霞亲。
> 峻节凌远松，同衾卧盘石。
> 斧冰嗽寒泉，三子同二屐。
> 时时或乘兴，往往云无心。
> 出山揖牧伯，长啸轻衣簪。
> 昨宵梦里还，云弄竹溪月。
> 今晨鲁东门，帐饮与君别。
> 雪崖滑去马，萝径迷归人。
> 相思若烟草，历乱无冬春。

山里的景色是美的，山里的条件也是艰苦的。他们有时一起盖着一床被子在山岩上睡觉，有时三个人穿着两只木屐在山间游玩。他们乐此不疲。

李白把"六逸"比作山间的龙虎，任山泉水再清澈，也洗不去李白的尘心。

在他的天才梦没有变成现实之前，他不会甘心一生隐居山间。

仰天大笑出门去

李白隐居徂徕山，看山看水，纵酒高歌，快活似神仙。

我们心头浮着一个疑问：李白的一双儿女谁来照顾呢？原先他在外漫游、隐居，他的妻子许氏照顾两个孩子，现在许氏已经去世，两个孩子尚未成年。

李白的粉丝魏万说："（李白）始娶于许，生一女，一男……又合于刘，刘诀，次合于鲁一妇人，生子曰颇黎。终娶于宋。"

答案原来在这里。

许氏去世以后，李白与一刘姓女子结合，因为不是正式夫人，魏万用了一个"合"字，而不是"娶"。

这位刘氏妇人，是李白心中的一根刺。

刘氏见李白与官宦名人迎来送往，很有人脉，以为他会发达起来，自己也可以跟着享清福。但没想到她从进门起就要照顾两个年幼的孩子，李白则当甩手掌柜，整天在外面喝酒、游玩，要么不见人影,要么醉醺醺回来。刘氏既要照顾两个孩子,又要照顾一个醉汉。看起来李白也不像会发迹的样子,人家发迹的早就发迹了,哪有四十多岁还不发迹的。

刘氏怨声载道,恨自己眼瞎,跟着李白这窝囊废活受罪。

李白对别的事情都能容忍,就是不能容忍别人蔑视他的天才之资。这是最让他骄傲的东西,蔑视他的天才之资对他就是最大的人格侮辱。

李白愤然把刘氏打发走了。

刘氏走后,两个孩子不能没人照料,李白又"合"了一位东鲁女子,还是个"合"字,这位东鲁女子也不是李白明媒正娶的夫人。

这位东鲁女子无名无姓,她跟李白生了一个儿子,名叫颇黎。

这个颇黎,在李白诗文中从未出现过,如果不是夭折,就是李白离开鲁地时,这位鲁妇人不愿跟随李白离开,与儿子留了下来。

李白"合"的这位东鲁女子,可能是他邻居家的一位漂亮姑娘。这位邻家姑娘的东窗下种着一株海石榴。李白曾写过一首《咏邻女东窗海石榴》。诗云:

鲁女东窗下,海榴世所稀。

> 珊瑚映绿水，未足比光辉。
> 清香随风发，落日好鸟归。
> 愿为东南枝，低举拂罗衣。
> 无由共攀折，引领望金扉。

这哪是咏海石榴？李白是借咏海石榴，给邻家姑娘写求爱诗。

邻女东窗下种着一株世上罕见的海石榴，叶子像珊瑚映着绿水，风一吹香气浮动，天晚的时候鸟儿飞到树上栖息。邻居家的姑娘啊，我愿意变成海石榴树上的一根枝条，你经过的时候，我的枝条轻轻拂着你的罗衣。可惜我没机会折一根枝条，只好伸直脖子往你家看。

李白写过不少爱情诗，都是旁观别人的爱情，这次他走进自己的爱情诗中了。

古人示爱，不是直白地说"我爱你"，而是拐弯抹角地表达。戏台上祝英台是这样对梁山伯说的："青青荷叶清水塘，鸳鸯成对又成双。梁兄啊，英台若是女红妆，梁兄你愿不愿配鸳鸯？"

拐弯抹角表达的好处是，万一被拒绝，不会太尴尬。

李白人到中年，带着两个孩子，也没有官职，生活状态与官宦子弟没法比，但比那些穷人家还是好很多很多。李白的性格,不喜欢他的人不喜欢,但在喜欢他的人看来,还是很有魅力的。他体健貌端,一双神采奕奕的大眼睛,看上去比同龄人年轻得多。

对邻家姑娘来说,与其嫁给一个粗俗无聊的贫汉,不如嫁给有趣有才有饭吃的李白。对李白来说,邻家女知根知底,相貌、脾气都是看得见的,比别人介绍的女子放心。

就在李白与竹溪六逸在山林间纵酒高歌时,唐玄宗把年号由开元改成了天宝。

开元二十九年(741年),有个小官员田同秀启奏,他梦见玄元皇帝(老子)降临丹凤门大街,玄元皇帝跟田同秀说,他有一个灵符在尹喜故宅。唐玄宗听说老子显灵,不敢怠慢,连忙让人在函谷关尹喜故宅掘地三尺,果然在尹喜故宅西挖出一个灵符。

唐玄宗认为这是太上老君降吉兆,为了表示顺应天意,他把年号改成天宝,他的尊号升级成为"开元天宝圣文神武皇帝"。

唐玄宗用过三个年号,初继位时年号是先天,不久改为开元。开元这个年号用了二十九年。开元带着开天辟地般的豪迈气象,看这个年号,就知道唐玄宗是个勇于开创新时代的有为之君。与开元相比,天宝气势没了,朝气没了,像一个胖手胀足的创业者,又像一个不思进取的富二代。

虽然年号仅仅是个符号,但是皇帝选用哪个年号,潜意识里就反映出了他的内心变化。

唐玄宗的心态真的变了，他认为自己功成名就，应该追求人生乐趣了。

春寒料峭的华清宫，从温泉汤中走出来的杨太真像一尊白玉雕刻的女神像，把唐玄宗的老眼都闪花了，跟这个妩媚、风情万种的前儿媳共享人世之欢是他余生最大的愿望。

一个帝王有了享乐的念头，他对朝廷的控制力就会减弱，就会给那些有野心、有想法的人以可乘之机。

唐玄宗前期的宰相，任职时间都不长，姚崇、宋璟、张九龄，每人当宰相不过三四年。唐玄宗后期的李林甫，居然当了十九年宰相。人们用肉腰刀来称呼李林甫，认为他是一个口蜜腹剑的奸诈小人。肉腰刀是说李林甫是一把人肉做的腰刀，斩人不见血；口蜜腹剑是说李林甫嘴巴甜得像抹了蜜，心里却藏着一把锋利的剑。

原先，唐玄宗想任命某人为某职，或是想颁布一项法令，宰相认为不合理，会据理力争。但李林甫总是揣摩唐玄宗心思，顺着唐玄宗的心思说。李林甫怕谏官弹劾他，就威胁他们："你们看到朝堂门口的立仗马了吗？它们整天默不作声，就会得到上好的饲料喂养；哪天鸣叫一声，就会被牵出去，后悔也来不及了。"吓得谏官们不敢言语。

在唐朝北方，有个名叫安禄山的胡将，长得圆滚滚的，看上去像一尊笑面佛。实际上他野心勃勃，每逢官员来访，他总是盛情招待，请求他们在皇上面前给自己美言几句。这些官员吃人家的嘴软，果然在唐玄宗面前对安禄山交口称赞。天宝元年（742年），唐玄宗任命安禄山为平卢节度使。

唐玄宗以为寻到了一个国之栋梁，却不知是给自己几十年的政绩找了一个掘墓人。

朝廷中的这些变化，李白是不知道的。四十二岁的李白还没有放弃他出仕的梦想。他不知道，就算他有姚崇、宋璟之才，也很难再发挥出来，时代不行了。

天宝元年，唐玄宗因为改元的缘故，大赦天下，诏令"前资官及白身有儒家博通、文辞英秀及军谋武艺者，所在县以名荐京"。

民间饱学之士无不欢喜雀跃，觉得这是个好机会，期望长官把自己推荐上去。李白心里很矛盾，他希望自己得到推荐，又觉得跟别人争抢名额不符合他清高的人设。关键时刻，李白的人脉起了作用。有人越过地方，直接把他推荐给唐玄宗。

推荐李白的这个人，《旧唐书》上说是吴筠。

> 天宝初，客游会稽，与道士吴筠隐于剡中。既而玄宗诏筠赴京师，筠荐之于朝，遣使召之，与筠俱待诏翰林。

也有人说是元丹丘把李白推荐给玉真公主，玉真公主把李白推荐给了唐玄宗。还有人说是贺知章把李白推荐给唐玄宗的。

这几种说法可能都有点道理。

李白在天宝元年进京，不是偶然的，而是朝廷征召的三类人中有"文辞英秀"这一类，李白符合这个条件。征召入京不一定能见到皇帝，玉真公主与贺知章这两个唐玄宗面前的重量级人物向唐玄宗推荐李白，唐玄宗才召见了李白。

一个艳阳高照的秋日，李白接到了来自都城长安的诏书。李白捧着诏书，高兴得几乎要跳起来。

他企盼着这一天，都不知多少年了。从他二十四岁离开家乡绵州，到现在四十二岁，整整十八年了。十八年，生生把一个毛头小伙儿变成一位沧桑中年人。

李白去跟家人告别，然后进京。

人逢喜事精神爽。李白回到家，看哪都顺眼，屋里放着新酿的好酒，院中一群黄鸡在低头啄食着地上的黍米。在黍米与秋虫的饲养下，黄鸡的身子圆滚滚的，油脂像要溢出来。李白招呼家童杀鸡煮饭。一双儿女看到爹爹回来，高兴得拉着爹爹的衣襟，跟着爹爹出出进进，像两条小尾巴。

李白举杯畅饮，平生饮酒虽多，都不如这次痛快。他扯起喉咙大声唱歌，唱完还觉得不尽兴，在夕阳余晖中醉歪歪地跳起舞来。

> 白酒新熟山中归，黄鸡啄黍秋正肥。
> 呼童烹鸡酌白酒，儿女嬉笑牵人衣。
> 高歌取醉欲自慰，起舞落日争光辉。
> 游说万乘苦不早，著鞭跨马涉远道。
> 会稽愚妇轻买臣，余亦辞家西入秦。
> 仰天大笑出门去，我辈岂是蓬蒿人。

这是李白的《南陵别儿童入京》。

南陵应该是安徽省南陵县，我们不清楚原本寄居东鲁的李白怎么会在南陵。也许他离开安陆，先去南陵，后来才迁居东鲁；也许这个南陵是东鲁的某个地方，而非安徽，因为诗中的黍米是北方特产。我们根据李白的诗文推断李白行踪，有时候弄不清先后次序。

这是李白一生最欢快的时刻。在这个欢快时刻，李白想起不久前嘲笑他、蔑视他的刘氏。呸！你这蠢妇，你跟朱买臣之妻一样有眼无珠，想不到我李白也有发迹的一天吧！

朱买臣是西汉会稽郡人，家贫，却喜欢读书。他跟妻子在山中砍柴，一边背着柴走路，一边大声诵书，妻子屡次制止他，越制止，他读书的声音越响亮，引得人们像看猴戏一样围观。妻子觉得丢人，要求离开朱买臣。朱买臣说："我五十岁左右会富贵,现在我已经四十岁了,你再等几年如何?"妻子愤愤地说:"我再等你,就饿死了。"几年后,朱买臣受到汉武帝赏识,做了会稽太守。而朱买臣之妻与其后来的丈夫正在为迎接新太守修路。

第二天醒来,已经红日高照。李白大笑着走出门去。他跨上骏马,扬起马鞭,马蹄腾起长安大道上的尘土。美好前景,像他身后的红日一样,指日可待,万道霞光,喷薄欲出。

第四章

长安：富贵于我如浮云

金龟换酒酬知己

李白来到长安,如同一条鱼游到海里。海阔凭鱼跃,但也让鱼感到海之辽阔,任凭怎么扑腾,溅起的只是海面上的一朵小小浪花。偌大个长安,藏龙卧虎。

"长安大道连狭斜,青牛白马七香车。玉辇纵横过主第,金鞭络绎向侯家。"卢照邻在《长安古意》中描绘了长安之景。

你爱一个人,把他送到长安来;你恨一个人,也把他送到长安来。

在长安,一个人如果得到帝王权贵的青目,会混成人中龙凤;得罪帝王权贵,会下场很惨。

李白诗中提到的朱买臣,在会稽山中打柴打到四十多岁,饥寒困顿,却也平安;四十多岁时来到长安,偶然的机会见到汉武帝,命运的轨道霎时改变,入长安时为一介小民,出长安时为会稽太守。惜他最终的结局却是被汉武帝诛杀,命丧长安。

天性乐观的李白看朱买臣故事,只看到朱买臣拜会稽太守的高光时刻，却忽略他被押赴刑场的黯淡时光。这就如同看童话故事，只看到王子与公主结婚都以为二人婚后幸福生活在一起，却忽视了婚后的一地鸡毛。

初来长安的李白，没有得到唐玄宗的重视。

李白闲着没事，在各个景点游玩。一天，李白来到紫极宫，遇到一位鹤发童颜的老者。老者白须飘飘，面目和善，笑眯眯的，说话时一口吴地口音。他身上佩带的金龟袋表明他是一位很有身份的高官。

一番寒暄，两人相识。

原来老者就是大名鼎鼎的"四明狂客"贺知章。听这名号，就知道他与李白会投脾气。贺知章是越州永兴（今浙江杭州萧山）人，武则天证圣元年状元，先后担任国子四门博士、太常少卿、礼部侍郎、集贤院学士、工部侍郎、太子宾客、银青光禄大夫兼正授秘书监，人称贺监。

贺知章能诗文，擅书法。他与张若虚、张旭、包融并称为"吴中四士"，与陈子昂、宋之问、卢藏用、司马承祯、王适、毕构、李白、孟浩然、王维并称为"仙宗十友"，后来还与李白等人并称"饮中八仙"。

贺知章经历四位皇帝，那些贬官、下狱的事，他从来没遇到过。

他运气好，心态也好。史载，贺知章"性放达，善谈笑"。

一个有才学、性情豁达、言谈幽默的人,上至帝王,下至百官,谁也不会讨厌他。贺知章在仕途上也遇到过麻烦,但都有惊无险地过去了。

李白听说是大名鼎鼎的贺监,连忙从袖中掏出自己的几篇诗文奉上。

贺知章读到的第一首诗是《蜀道难》。

> 噫吁嚱,危乎高哉!蜀道之难,难于上青天!
> 蚕丛及鱼凫,开国何茫然!
> 尔来四万八千岁,不与秦塞通人烟。
> 西当太白有鸟道,可以横绝峨眉巅。
> 地崩山摧壮士死,然后天梯石栈相钩连。
> 上有六龙回日之高标,下有冲波逆折之回川。
> 黄鹤之飞尚不得过,猿猱欲度愁攀援。
> 青泥何盘盘,百步九折萦岩峦。
> 扪参历井仰胁息,以手抚膺坐长叹。
> 问君西游何时还?畏途巉岩不可攀。
> 但见悲鸟号古木,雄飞雌从绕林间。
> 又闻子规啼夜月,愁空山。
> 蜀道之难难于上青天,使人听此凋朱颜!
> 连峰去天不盈尺,枯松倒挂倚绝壁。

> 飞湍瀑流争喧豗，砯崖转石万壑雷。
> 其险也如此，嗟尔远道之人胡为乎来哉！
> 剑阁峥嵘而崔嵬，一夫当关，万夫莫开。
> 所守或匪亲，化为狼与豺。
> 朝避猛虎，夕避长蛇。磨牙吮血，杀人如麻。
> 锦城虽云乐，不如早还家。
> 蜀道之难难于上青天，侧身西望长咨嗟！

贺知章在朝廷四十多年，大部分时间担任文化官员，他读过的诗文无数，谁的诗文什么水平，他扫一眼就知道。

李白这首诗，贺知章看到第一句，眼睛就放起光来。这首诗颠覆了寻常诗的写法。不仅贺知章，我们每个人读到这首诗，第一个感觉都是：咦，原来诗还可以这样写？

《蜀道难》是乐府旧题，很多人写过这个题材，为了比较，我们放上两首别人写的《蜀道难》看看。

> 王尊奉汉朝，灵关不惮遥。
> 高岷长有雪，阴栈屡经烧。
> 轮摧九折路，骑阻七星桥。
> 蜀道难如此，功名讵可要。

这首诗的作者是南北朝时的诗人阴铿。阴铿的诗以写景见长，李白也擅长写景，杜甫夸李白"李侯有佳句，往往似阴铿"。这个类比在今天看来有点可笑，李白的诗句比阴铿的好多了，但在当时，杜甫实在找不到一个更合适的人来比较。

> 梁山镇地险，积石阻云端。
> 深谷下寥廓，层岩上郁盘。
> 飞梁架绝岭，栈道接危峦。
> 揽辔独长息，方知斯路难。

这是唐代张文琮写的《蜀道难》。

无论是以景物诗而闻名的前代诗人阴铿，还是与李白同朝代的诗人张文琮，他们写的《蜀道难》，都无法与李白的《蜀道难》相提并论。

阴铿与张文琮的诗都是对某个固定时间、固定点的观察，这是我们平常人的角度，只不过用词精致一些，结构精巧一些。

读李白诗，我们像是坐上了时间穿梭机，随着一声长长的惊呼，穿梭机从平地飞起，跃向万米高空，向下看时，已经穿越到一个久远的年代——传说中的蜀王蚕丛与鱼凫的时代。只见大山茫茫，先民们像一只只蝼蚁在大山里毫无方向地攀爬，寻找向外的出路。这样过了四万八千年，他们终于发现从太白山向西，有蜿蜒曲折的小路可以通向蜀中。镜头切换，到战国时期，蜀王派出五位壮士迎接秦王送来的美人，他们沿着弯弯曲曲、断断续续的山路艰难行进。忽然山体崩塌，美人与壮士俱死，崩塌的山体意外地连通了隔绝的山路。

李白像是一只鹰隼，一会儿俯冲到谷底，带我们向上看山之高；一会儿拉升到山巅，带我们向下看谷之深；一会儿远镜头拍景，一会儿近镜头拍人，还拍了很多枯松、飞湍的特写。仅有画面，他觉得还不够生动，画面之外，他还配上了音乐，那是子规鸟在月夜里凄厉的叫声。就在读者心惊胆战喘不过气来时，他发问："你这个远道的客人来这里干什么呢？"他一边发问，一边又拍长蛇猛兽磨牙吮血吞噬过往行人的特写镜头。这里不仅有险山恶水，还有凶猛动物。这样的蜀道，你说难不难？

难怪马公说"诸人之文，犹如山无烟霞，春无草树。李白之文，清雄奔放，名章俊语，络绎间起"。别人的诗没有细节，李白的诗细节惊人，有时镜头近得一朵花上花蕊的粉尘都能拍出来，有时镜头远得高山大河都像微缩的景观。李白的想象力，在不同的时间维度、空间维度里自由飞翔。这样的诗，谁读了也会想，这是人写的吗？这是神仙才有的视角吧？

一篇《蜀道难》还没读完，贺知章已经发出无数声赞叹，他跟李白说："你真是个谪仙人啊！"

《唐摭言》说贺知章读了李白的诗，跟他说："公非人世之人，可不是太白星精耶？"

两种说法都说贺知章赞叹李白不是人，是天上的神仙下凡，是太白星转世。

贺知章继续往下读，又读到李白的《乌栖曲》。

> 姑苏台上乌栖时，吴王宫里醉西施。
> 吴歌楚舞欢未毕，青山欲衔半边日。
> 银箭金壶漏水多，起看秋月坠江波，东方渐高奈乐何！

《乌栖曲》也是乐府旧题。

李白这首诗很简短，题材是写滥了的吴王夫差与西施的故事，也没有诸如"西施若解倾吴国，越国亡来又是谁"（罗隐《西施》）、"但愿君王诛宰嚭，不愁宫里有西施"（王安石《宰嚭》）这样富有哲理的句子，只是老生常谈的夫差与西施通宵达旦饮酒作乐的故事。

李白却把老掉牙的题材写出了新意。

七句话，只两句写到西施，其余五句是五个画面：第一个画面是姑苏台上落满栖息的乌鸦，这是天欲晚了；第二个画面是半轮日头即将落下山去，黑夜快要来临；第三个画面是个快镜头，只见铜壶滴漏的水飞速地流着；第四个画面，月亮快要落到江心了；最后一个画面，太阳从东方的天空中升了起来。

最后一个画面出现一声意犹未尽的叹息，可知这一夜，夫差与西施是怎样纵情欢乐，忽一回首，天已大亮。

在这高潮处，诗歌戛然而止。

《唐宋诗醇》中说此诗："乐极生悲之意写得微婉，未几而麋鹿游于姑苏矣。全不说破，可谓寄兴深微者。"

是啊，玩了一个通宵的人，还有什么精力处理政务呢？

在这画面之外的无边暗夜里，不是只有夫差与西施通宵狂欢，还有越王勾践卧薪尝胆。一个沉浸在眼前的欢乐中，一个为了日后的崛起吃尽世间苦；一个看到红日高照沉沉睡去，一个看到红日高照去厉兵秣马。

如果给这首诗续上两个画面：一个画面是越国将士呐喊着拥上姑苏台，吴兵在越兵的刀刃中纷纷倒下；一个画面是华丽的姑苏台成为一片废墟，日间不见美人影，夜里不闻歌舞声，只有荒草比人高，几只麋鹿悠闲地啃着荒草。

而这些，李白什么也没说，只是让我们自己去脑补、去体味。

贺知章读完此诗，感叹良久，说道："此诗可以泣鬼神矣。"

这首诗又刷新了人们的认知，原来，夫差与西施的故事，可以这样写，可以放在这样宏阔的时空之中，可以用这样电影大师般鬼斧神工的剪辑技术。

贺知章当即邀李白来到一家酒肆。贺知章身上没有带钱,他就解下身上佩的金龟袋递给店家,跟店家说:"我把我的金龟袋抵押在这里,好酒、好肉,只管上,我回去让人送酒钱来。"店小二知道金龟袋是朝中高官的身份证件,说声"好嘞",就去忙活了。

八十四岁的贺知章与四十二岁的李白,喝了个一醉方休。

人生得逢知己,唯美酒千盅可表心意。

多年以后,李白回忆此时,作《对酒忆贺监二首》,其一曰:

> 四明有狂客,风流贺季真。
> 长安一相见,呼我谪仙人。
> 昔好杯中物,翻为松下尘。
> 金龟换酒处,却忆泪沾巾。

贺知章成为李白在京中的好友之一,在长安酒肆,人们经常看到这一老一少。他们年龄相差一倍,却好像是同龄人,携手并肩,走进酒肆,快活地喝酒。

贺知章向唐玄宗推荐李白,说此人之诗出神入化,无人可及。

此前,唐玄宗已经从妹妹玉真公主那里听说过李白之名。

妹妹与朝中老臣都交口称赞李白,唐玄宗觉得,应该召见他统治的这个帝国里最有天赋的诗人。

唐玄宗一纸诏书,飞到正在酒肆狂欢的李白那里。

奉诏作诗

为了这一刻，李白等了四十二年。他终于等来了进宫面见君王的机会。

李白骑上天子派来迎接他的飞龙马，跟着使者进了宫。

虽然是第一次进宫，李白毫不畏惧，他飞身跨下飞龙马，跟着使者往殿上走。他的两只大眼睛炯炯有神，袍衫被风吹着翩然若飘。

李白不是帅哥，但是气质出众，几乎所有见过李白的人，都被他出众的气质折服。唐玄宗第一眼看到李白时，也感觉到了他的与众不同。他既没有朝中大臣那样的谨小慎微，又没有平民百姓的畏畏缩缩。他明亮、舒展，周身散发着生命的光彩。

唐玄宗不知不觉被李白的神采吸引住了。

《酉阳杂俎》说："李白名播海内，玄宗于便殿召见，神气高朗，轩轩若霞举。"

唐玄宗本来坐在步辇上,看到李白后,他走下步辇,亲自迎接李白。他让李白坐到装饰精美的七宝床上,得知李白尚未吃饭,他亲手调和羹汤,让李白食用。

唐玄宗跟李白说:"你是一介布衣,我都知道你的名字,如果不是你平时特别有道义,怎么会这样呢?"

这次会面以后,李白进了翰林院,他的身份不是翰林学士,而是翰林待诏。

翰林学士是正式的官职,翰林待诏是翰林院的编外人员,从"待诏"的名称我们就知道,他们是等待皇帝的诏令的人。皇帝让他们去写诗,他们就去写诗;皇帝让他们去写诏书,他们就去写诏书。

李白在翰林院写过诏书,写过和蕃书。李阳冰写的《草堂集序》、范传正的《唐左拾遗翰林学士李公新墓碑并序》和刘全白的《唐故翰林学士李君碣记》中都有记载。

李白在翰林院写诏书没什么奇怪的,他写和蕃书却让我们有点摸不着头脑。以布衣身份进入翰林院的李白对唐王朝的外交政策并不熟悉,为什么要让他写和蕃书?如果不是因为唐玄宗要卖弄文采,显示大唐王朝的翰林多么有文才,那就只有一种可能,李白通蕃文,不用翻译就能看明白,而别的翰林要通过翻译才能看懂蕃文。

范传正与刘全白特意在李白碑文与李白墓碣中记录李白答蕃

书一事，应是在他们看来，李白写和蕃书是一件不寻常的事情。在民间，李白写和蕃书更是演变成了一个离奇故事。故事说某蕃国用鸟兽文写了一封国书，满朝文武无人认识，只有李白认了出来，李白用鸟兽文写了一封回信，该蕃国看到大唐王朝有人才，从此不敢生非分之想。

　　这是把李白神化了，如果李白对大唐王朝来说这么重要，唐玄宗不会一年多以后就把李白放走。唐玄宗晚年虽然昏愦，还是有明君的底子，与天生的昏君终究不同。

　　李白碑文中说他家从西域逃回内地，如果他们早先生活在西域，他通一门或几门蕃语就很正常了。

　　李白成为皇帝身边的文学侍从，唐玄宗游园筵宴，李白以诗歌的形式记录盛况。

　　大唐王朝余威尚存，内里虽然生了蛀虫，外表看上去还是满目繁华。宫廷里面，照样是美酒佳人，歌舞升平。

　　唐玄宗需要一个装点盛世局面的诗人，李白飘飘欲仙的气质与落笔满纸烟霞的才思让唐玄宗叹为观止。

　　仅仅一年多时间，李白写了很多描写宫廷生活的诗歌。这些诗歌，在李白的全部诗歌之中分量不重，质量亦不算顶尖；对唐朝宫廷来说，却是一股新鲜活力。

　　李白之前，从来没有人把宫体诗写得如此美好而清新，艳丽而不俗；李白之后，也没有人写出如此好的宫体诗。

这也许是李白进入宫廷的时机最好，武惠妃病故后的愁云惨淡已经消散，浓艳聪慧的杨玉环像一道雨后彩虹，照亮了唐玄宗暮年的天空。此时，玄宗尚未衰老，玉环正在妙年，他们的爱情像一坛酒，刚刚启封，香气便弥漫在大唐的宫廷。

李白随唐玄宗游温泉宫，他写过皇家侍卫军羽林军的浩大声势。

羽林十二将，罗列应星文。
霜仗悬秋月，霓旌卷夜云。
严更千户肃，清乐九天闻。
日出瞻佳气，葱葱绕圣君。

这首诗名为《侍从游宿温泉宫作》，写得非常有气势，不过这个类型的诗并非李白的强项。

对唐玄宗来说，他对颂圣诗的需求也并不强烈，颂圣诗大臣都能写，虽然可能写得不如李白好。唐玄宗更希望李白写点风格旖旎的诗句。这时候的唐玄宗，治国的兴趣已经不大，已然变成了一位老情圣。

爱情需要美好事物来加持，比如鲜花、美酒、月夜、良辰、诗歌、音乐、鲜衣华服、金玉珠宝。

有一天，唐玄宗正在听奏乐，忽然觉得有点乏味，如此良辰美景，应该请李白来写点歌词，配上音乐，流传后世，也是一件乐坛雅事。

李白正在宁王那里喝酒，喝得走路都走不稳了，见到唐玄宗拜舞时东倒西歪。

唐玄宗觉得音乐并非李白强项，让他写五律十首。李白说："宁王赐臣酒，今已醉，陛下赐臣无罪，臣才可以略逞薄技。"唐玄宗说："好，赐你无罪。"

两个小宦官扶着李白，唐玄宗让人研墨递笔给李白，又命两个人拿着纸站在李白面前。李白定了定神，提笔写道：

> 小小生金屋，盈盈在紫微。
> 山花插宝髻，石竹绣罗衣。
> 每出深宫里，常随步辇归。
> 只愁歌舞散，化作彩云飞。
> …………

李白挥笔如飞，一会儿便写了八首《宫中行乐词》，比别人抄诗还快。

宫人将诗递给唐玄宗看，只见笔迹遒利，凤跱龙拿，律度对属，无不精绝。

唐玄宗叹为观止。

宫体诗这种文体，说好写好写，说难写也难写。说好写是不需要宏大阵仗，说难写是一不小心就写俗了。陈后主的《玉树后庭花》就是写俗了的。"丽宇芳林对高阁，新妆艳质本倾城。映户凝娇乍不进，出帷含态笑相迎。妖姬脸似花含露，玉树流光照后庭。花开花落不长久，落红满地归寂中。"诗人恨不得把世间的美艳词语全堆上去，浓艳得化不开；读这样的诗，像喝一杯用糖精兑的水，甜得齁人。

李白的诗，华丽而不妖艳，妩媚而不纤细。用时下的流行语来说就是，李白写的宫体诗不油腻。

唐玄宗本人写诗不算很好，但是他的欣赏水平很高。好诗，他发自内心喜欢。为了表示对李白的赞赏，他赐给李白一件白色宫锦袍。

与崔宗之在长江上月夜泛舟时，李白穿的那件白色宫锦袍，大约就是唐玄宗御赐的这件。

有一天唐玄宗泛舟白莲池上，想到美景不可无诗，又让人叫李白来写诗。小宦官跑到翰林院，把李白从床上拽起来，拉着东歪西倒的他来到白莲池。李白睁开醉眼看了看周围环境，拿起宫女早已准备好的笔墨，写了一首《春日行》。

深宫高楼入紫清，金作蛟龙盘绣楹。
佳人当窗弄白日，弦将手语弹鸣筝。

> 春风吹落君王耳，此曲乃是升天行。
> 因出天池泛蓬瀛，楼船龘沓波浪惊。
> 三千双蛾献歌笑，挝钟考鼓宫殿倾。
> 万姓聚舞歌太平。我无为，人自宁。
> 三十六帝欲相迎，仙人飘翩下云軿。
> 帝不去，留镐京。
> 安能为轩辕，独往入窅冥？
> 小臣拜献南山寿，陛下万古垂鸿名。

《春日行》是乐府旧题之一，本来是写春游，李白用这个旧题来写君王游乐。

通常的说法是，李白这首诗有讽刺之意，讽刺唐玄宗好神仙之术，希望他清静无为，与民休养生息。李白是一位政治上的理想主义者，他当然希望帝王不贪图享乐，勤政爱民。细品此诗，确实有讽刺规劝之意，但仅是微讽，总体是以颂圣为主的。皇帝心情大好的时候召你来写诗，你却写诗讽刺他？李白不会这样傻。

在李白写的宫体诗中，写得最好的是《清平调》三首。

好诗往往在特定的环境下产生。如果不是滕王轻视，宾客围观，就不会激起王勃写《滕王阁序》的满腔热血，就不会佳句迭起，让围观者赞叹不绝，让滕王无话可说。

李白的《清平调》也是一个特殊环境中的产物。

据唐人笔记载：唐人重牡丹，唐玄宗得到四株名贵的牡丹花，一株红、一株紫、一株浅红、一株白，他让人将其移植到兴庆池东沉香亭前。春末夏初，牡丹盛放，花朵硕大，一片片花瓣叠压，真个国色天香，美得无与伦比。好花正可对佳人，唐玄宗在一个月光如水的夜晚，让人高张灯烛。他乘坐照夜车，他心爱的女人杨玉环乘步辇，双双来到沉香亭，欣赏月光下的牡丹花。为了对得起这月夜之中的浪漫，唐玄宗从皇宫乐坊梨园中挑选了最优秀的十六色乐工。他最欣赏的音乐家李龟年带领乐工来沉香亭等候。

李龟年看到皇帝与太真都到了，敲檀板，准备唱歌。

唐玄宗制止他。唐玄宗说："赏名花，对妃子，岂可用旧词？"

这在以前，当然要用旧词。新词现写也写不出来，仓促间让人写出来，也不如旧词工丽。唐玄宗现在这样说，是他知道翰林院里有个醉仙李白。哪怕李白喝得不省人事，只要往他头上浇一盆凉水，把他浇清醒了，跟他说说要写什么内容的诗文，他提笔就写，要一首有一首，要十首有十首。仿佛那些诗不用动脑子想，而是在他心里存着的，想要哪首，他的笔尖就自动把哪首录出来。那些诗句还不是泛泛之作。

那天，李龟年持金花笺去请李白，李白喝得烂醉如泥，李龟年好不容易把李白摇醒，把皇帝为什么要写诗跟李白说了说，李白欣然应允。虽然他没到沉香亭，醉眼蒙眬之中却仿佛看到烛光下那四株艳丽的牡丹花，每个花朵都像比赛似的含芳吐艳；牡丹花的后面，是倚栏而望的杨太真，烛光剪出她美丽的侧影。在这花与亭的后面是深沉的夜景，幽蓝的天空。传说在幽蓝的天空之上，有一个美丽的仙境，仙境里有西王母、瑶池、仙女……

李白提笔写道：

云想衣裳花想容，春风拂槛露华浓。
若非群玉山头见，会向瑶台月下逢。
——《清平调词三首·其一》

一枝红艳露凝香，云雨巫山枉断肠。
借问汉宫谁得似，可怜飞燕倚新妆。
——《清平调词三首·其二》

名花倾国两相欢，长得君王带笑看。
解释春风无限恨，沉香亭北倚阑干。
——《清平调词三首·其三》

唐玄宗让梨园子弟奏乐，李龟年敲檀板唱起李白的新词。唐玄宗亲自吹玉笛以和之，每一曲罢，换另一曲时，唐玄宗故意把笛子的尾音拉长，眼睛笑眯眯地看着杨太真，向她献媚。杨太真手持琉璃七宝杯，杯中斟着西凉葡萄酒，笑意盈盈地看着唐玄宗，彼此不语，心领神会。三曲唱罢，杨太真敛绣巾，向唐玄宗拜谢。这个聪慧的女子，知道皇帝大费周章是讨她的欢心，她一家人的富贵荣华就捏在这个吹玉笛的男人手里，她要郑重地向他表示，她领了他的心意。

那真是个美好的夜晚，太真正当青春，玄宗亦未老去，一种叫作美的东西在空气中流淌，一种叫作爱的东西在眉梢眼角传递。

亲眼见证了那个美妙时刻的李龟年，一生无数次向人讲述那个夜晚。

唐玄宗在这个夜晚以后，对李白也更加另眼看待。

饮中八仙

进入翰林院之初,李白是意气风发的。

唐玄宗对他的重视让他在长安城声名鹊起,王公大臣见了他笑脸相迎,一些势利之辈对他讨好巴结。

这本是人之常情,宫廷是繁华之地,也是险恶之地,天子一言九鼎,让一个人生就生,让一个人死就死。王公大臣对那些能够接近天子之人,哪怕是一个宫女、一个宦官,也不敢轻易得罪。李白三天两头被唐玄宗召进宫中写诗、赴宴。他骑着御厩飞龙马,穿着御赐宫锦袍,手持御赐珊瑚白玉鞭,有时在皇宫的卧榻上睡大觉,有时皇上亲手给他调羹吃,有时呕吐拿过皇上的手巾就擦嘴……这样的待遇,王公大臣都很少享受过。

天真的李白不明白宫廷繁华背后的黑暗。他以为,王公大臣对他的趋奉,证明他已经接近成功人士了。

有一天,李白跟着唐玄宗从温泉宫游宴回来,遇到一位老友。老友看到李白春风得意,非常羡慕。李白跟他说:"这是因为我诗文写得好，皇上很赏识我，赐我以锦袍。将来我也把你推荐给皇上，咱们一起飞黄腾达。"这就是《温泉侍从归逢故人》中的内容。此诗神采奕奕，颇为自负。

汉帝长杨苑，夸胡羽猎归。
子云叨侍从，献赋有光辉。
激赏摇天笔，承恩赐御衣。
逢君奏明主，他日共翻飞。

从温泉宫回来后，李白给他的朋友杨山人写下了这首《驾去温泉后赠杨山人》。他回顾自己当年在安陆时，风尘仆仆干谒权贵名人，总是失望而归，空有管仲、诸葛亮之才，而没有用武之地。现在他终于飞黄腾达了，那些权贵都来跟他结交，可是在他心中，还是跟友人最知心。等报答了皇上的知遇之恩，他就远离荣华富贵，跟友人一起求仙问道。

少年落魄楚汉间，风尘萧瑟多苦颜。
自言管葛竟谁许？长吁莫错还闭关。
一朝君王垂拂拭，剖心输丹雪胸臆，
忽蒙白日回景光，直上青云生羽翼，
幸陪鸾辇出鸿都，身骑飞龙天马驹。

> 王公大人借颜色，金璋紫绶来相趋。
> 当时结交何纷纷，片言道合惟有君。
> 待吾尽节报明主，然后相携卧白云。

李白很快发现这只是他一个美好的梦想，唐玄宗仅是把他当作一个文学侍从来看待，仅是期望李白给他的官廷生活增光添彩，没有授予李白实质性的官职，李白的政治抱负仍然无法施展。

唐玄宗是在血雨腥风中登上帝位的。唐玄宗少年时，生活在奶奶武则天的盛威之下；八岁时，他的母亲窦德妃被武则天处死；二十一岁时，他的伯父唐中宗发动政变软禁他奶奶武则天；五年后，他的伯母韦皇后与堂姐安乐公主联手害死他伯父；二十六岁的唐玄宗与姑母太平公主联手发动政变，杀死韦皇后与安乐公主；之后，他再次发动政变，逼迫姑母太平公主自杀。他的父亲唐睿宗与大哥李宪先后让位，他才当上皇帝。

一个在这样险恶环境中上位的皇帝，空头理论对他没有吸引力。

一位伟大的政治家，一定不能是天真的，他对人性的阴暗理解得越透彻越好，但他又不能陷入黑暗，陷入黑暗就会成为恶魔。他即使站在万丈深渊，也要心向光明；站在一片光明之中，也要知道脚下有深渊。

李白好像永远不能洞察人性的黑暗。他永远生活在有光的地方，哪怕是暗夜，他也能吸附月光。他的诗，永远是亮闪闪发光的。

这次奉诏入长安，李白已经年过四十。一个人哪怕年轻时天马行空，过了四十也应该脚踏实地。美好的政治梦想怎样才能落到实处？这个问题，李白想都没想过。

李白可能想的是，像春秋战国或者秦末汉初、三国、十六国时期的一些谋士、说客那样，出奇计、献奇策，通过一个点子，一举成名，留名青史。

这个办法不是不可行，而是适用面太窄。

天下大乱，秩序未定时，乱世里的人像没头苍蝇似的乱碰，碰撞出种种可能性。有时一番言辞，就能打动一个关键人物，一个计谋，就能影响某段历史的进程。

如今大唐立国一百余年，一切在固定轨道上按部就班运行，不存在这种可能性了。况且说客、谋士的作用是很有限的，只是因为富有传奇性，被人们夸大了。

那些真正参与历史进程的谋士，像管仲、张良、诸葛亮、王猛等人，都是冷峻而踏实的。

客观地说，李白头脑聪敏，能言善辩，生在春秋战国时期，也许会凭三寸不烂之舌说动某个人物。可春秋战国直到秦汉，人们都是质朴的，一个人稍微有点心计，就能成为阴谋家；稍微口齿伶俐点，就能成为说客。李白身上的游侠气质也很受人们的欢迎。随着儒家思想在民间普及，到唐代，一些家族世代读书，已经具备很高的文化修养与辨识能力，他们踏实而理性，谋定而后动，不会轻易被别人左右。

在西域生于平民家庭的李白，与政治是绝缘的，他只能从前人故事中想象政治的运作。

百无聊赖中的李白，只能寄情于酒。他在长安结交了很多酒友。

大唐士子文人是狂放的，他们带着后世士子文人很少有的生命热度，他们爱诗，爱酒，爱花，爱月，爱这繁华人世间。

长安的酒肆里，达官贵人的豪宅里，经常会见到他们举杯痛饮的身影。

他们喝醉了酒，长啸、载歌载舞、吟诗，到处乱写乱画，在街边的沟渠里呕吐，晃晃悠悠走路，醉眼惺忪地与熟人打招呼，人们见惯不惊，反而觉得他们亲切可爱。

李白好友杜甫写过一首《饮中八仙歌》，给我们描画了一幅大唐王朝最有名的八位酒鬼的群像。

> 知章骑马似乘船，眼花落井水底眠。
> 汝阳三斗始朝天，道逢曲车口流涎，恨不移封向酒泉。
> 左相日兴费万钱，饮如长鲸吸百川，衔杯乐圣称避贤。

宗之潇洒美少年，举觞白眼望青天，皎如玉树临风前。
苏晋长斋绣佛前，醉中往往爱逃禅。
李白一斗诗百篇，长安市上酒家眠，
天子呼来不上船，自称臣是酒中仙。
张旭三杯草圣传，脱帽露顶王公前，挥毫落纸如云烟。
焦遂五斗方卓然，高谈雄辩惊四筵。

  难以想象，写《秋兴八首》的杜甫竟然写过这么风趣幽默的诗句，这要感谢李白，把杜甫身上快乐的一部分激活了。

  八仙之中，年龄最大、资历最老的是太子宾客贺知章；地位最尊贵的是汝阳王李琎，他是唐玄宗的亲侄子；官职最高的是左相李适之；崔宗之袭封齐国公，苏晋官至吏部侍郎。这几位都是王公大臣。李白做过翰林待诏，说官不是个官，说不是个官却还一度在官中是个大红人；张旭做过常熟县尉、金吾长史这样的小官儿；焦遂是一介平民，他们三个地位比较低。

  这"饮中八仙"喝酒各有特色。贺知章是位书法家，他喜欢写大字，喝酒越多，越有兴致。乘着酒兴，让人拿纸来，他一边打腹稿，一边在纸上唰唰写个不停。他边写边问别人有几张纸，别人说有十张纸，他就写满十张纸；文章结束，别人说有二十张纸、三十张纸，他就把二十张纸、三十张纸正好写满。有时写高兴了，他就在人家的墙上、影壁上赋诗作文，人家也不怪他，反而以此为荣。他酒醒以后,反而写不出酒醉时那么有神采的文章。

汝阳王李琎是宁王李宪的长子,宁王李宪是唐睿宗原来的皇太子。李宪觉得弟弟李隆基比自己更适合做皇帝,便让位于弟弟。如果不是父亲让位于叔叔,李琎应该是大唐王朝的皇太子。对于大哥主动让位于自己,唐玄宗一生感激,也一生不放心。李琎整天一副喜欢喝酒、喜欢玩乐、不求上进的样子,是在暗示叔叔,自己没有政治野心。

李琎也有个"谪仙"的绰号,他这个"谪仙"的绰号还是皇上御赐的。这个称号不是因为李琎写诗好,而是他太俊美,不像凡间之人,像是神仙下凡尘。唐玄宗说他这个侄儿:"花奴(李琎小名)姿质明莹,肌发光细,非人间人,必神仙谪堕也。"

李适之在天宝初年担任左相,但很快被李林甫排挤。李适之酒量好,与客人饮宴,喝一斗酒不醉;晚上饮酒作乐,白天照样办公,一点不误事。

苏晋信佛,看到酒,人生信念就变成"酒肉穿肠过,佛祖心中留"。

李白喝了酒,写诗如有神助。他无论喝多少酒,无论醉得怎样不省人事,只要让他睁开眼,拿住笔,诗文提笔就来,丝毫不因为醉酒影响思维,反而因为醉酒的缘故,各种感观都打开,各种感觉都联通,立即走进一个神奇瑰丽的文字世界。

张旭是一位书法大家，他擅写狂草，水平之高，古今无人能及，是名副其实的草圣。张旭酒气上头，把帽子一扔，抓起毛笔，一边狂呼呐喊，一边笔走龙蛇，见纸往纸上写，见墙往墙上写，有时抓不到毛笔，就散开头发，用头发蘸上墨，当作毛笔写字。他的书法出神入化，变化万千，无论当时之人，还是后世之人，没有不服气的。正如李白用全部生命热力来写诗，张旭是用全部生命力来写字。

焦遂口吃，只要喝了酒，他的舌头就捋直了，高谈阔论，满座皆惊。

这真是一群大唐王朝的神人。可惜李白与这些酒友痛饮的时间不长。一年多以后，李白就被唐玄宗赐金放归，离开长安。

贺知章、李琎、张旭、崔宗之等人先后病故，李适之被李林甫陷害而死。

八仙各自凋零，一个辉煌时代过去了。

力士脱靴，贵妃捧砚

树高易被风折，才高易招人妒。

李白在翰林院，像羊群里的一头骆驼。

他自我意识太强烈，个性色彩太明显，怎么看都跟这个环境格格不入。他又不肯低眉顺眼做出谦卑的样子，而是高谈阔论，能说能写，别人说不过他、写不过他，风头完全被他盖住。他还喜欢喝酒，喝了酒，皇上都叫不动他，别人更不必说。

一个这样的李白，有人惜才，喜欢他；有人怎么看他怎么不顺眼，皇宫内外，朝廷上下，都有人说李白坏话。

李白在绵州的青山绿水间长大，青年时出蜀漫游，大半时间在游山玩水，不会处理复杂的人际关系，皇宫却是人际关系最复杂的地方。

李白不喝酒、不写诗文的时候，就在翰林院里读书，有时读到会心之处，会掩卷而笑。有时天气晴和，清风徐来，他便掩上书卷，倚栏长啸。总之，从他的诗里，我们看不到他与别的翰林的互动,他在翰林院里是个孤独的存在。比如这首《翰林读书言怀呈集贤诸学士》便是他在翰林院读书遣闷,有感而作。

> 晨趋紫禁中,夕待金门诏。
> 观书散遗帙,探古穷至妙。
> 片言苟会心,掩卷忽而笑。
> 青蝇易相点,白雪难同调。
> 本是疏散人,屡贻褊促诮。
> 云天属清朗,林壑忆游眺。
> 或时清风来,闲倚栏下啸。
> 严光桐庐溪,谢客临海峤。
> 功成谢人间,从此一投钓。

朝中大臣、翰林院里的同僚对李白有什么看法,对李白的前程影响不大,主要是唐玄宗对李白是什么看法。

口蜜腹剑的李林甫,人们对他很有看法,他照样当了十几年宰相。

安禄山拜杨玉环为干娘,人们议论纷纷,他的职位仍然节节上升。

李林甫死后,杨玉环不学无术的堂兄杨国忠当上宰相。杨国忠身领四十余职,大诗人杜甫都看不下去了,写诗讽刺他:"杨花雪落覆白苹，青鸟飞去衔红巾。炙手可热势绝伦，慎莫近前丞相嗔！"那又如何，要不是马嵬坡之变，杨国忠这个宰相会一直当下去。

唐玄宗对李白的态度有点复杂。

唐玄宗是个文艺爱好者，在音乐上特别有天赋，能演奏，能谱曲，在文学上的天赋也不错。只是帝王不管多么有文学天赋，都很难创作出优秀文学作品，他们的感情是内敛的，而好的文学作品是传情的。李煜那样的文学天才，也是亡国以后才写出动人传世的词句。

唐玄宗对在文学或艺术上特别有天赋的人，是发自内心喜爱的。音乐家李龟年、歌女念奴，他们都是因为艺术天赋而受到唐玄宗超常的喜爱。

盛唐时期，诗人多如过江之鲫，但他们都没有李白那样让人惊叹的诗才。

别人的诗，是凡人之诗，哪怕杜甫那样的大家，也是凡人中的圣品；而李白，是仙品，他那些诗句不像是人能写出来的。

不过，唐玄宗不仅是个文艺爱好者，还是一位帝王，一位有三十年执政经验的帝王。一位帝王，他看人时，不可能不带上政治色彩。

以政治的眼光去看，李白就有问题了。政治是讲究等级秩序的，是有上下尊卑的。李白几乎没有上下尊卑观念。

唐人段成式在《酉阳杂俎》中说：

> 李白名播海内。玄宗于便殿召见。神气高朗，轩轩若霞举。上不觉忘万乘之尊。因命纳履。白遂展足与高力士曰：去靴。力士失势，遽为脱之。及出，上指白谓力士曰：此人固穷相。

李白初见唐玄宗，唐玄宗被他神仙般的风采迷住了。他请李白坐上七宝床，李白把脚往唐玄宗最信任的宦官高力士面前一翘，跟高力士说："给我脱靴。"

高力士一时反应不过来，只好弯下腰，给李白脱去靴子。

高力士是见过大场面的，他年轻时跟随唐玄宗发动政变，灭掉太平公主的势力，后来代替唐玄宗批阅奏章，大事向唐玄宗汇报，小事他自己做主张。他按李白的指令给李白脱靴，主要是仓促之中，不知主子是什么态度。

唐玄宗一时也反应不过来，李白这样的人，他也是平生第一次见到。

唐玄宗当时什么也没说，李白走出去以后，他看着李白的背影跟高力士说："这人天生的贫贱之相。"

本来李白在唐玄宗心中是一块白璧，这个脱靴的细节，让白璧上有了瑕疵。唐玄宗可以不把这个细节说出来，对一位帝王来说，保持着适度的神秘，更显得天威莫测。但唐玄宗把这话说给高力士听，有安慰高力士之意：他这人天生穷贱之相，你不要跟他计较了。

唐玄宗与高力士名为主仆，实则亲如兄弟。唐玄宗对高力士深信不疑，高力士对唐玄宗忠贞不贰。世人皆歌颂唐玄宗与杨贵妃的爱情，却不知唐玄宗与高力士的友情更牢固，生生死死，终生不渝。李白让高力士丢面子，唐玄宗当然要给他找回来。

我认为唐玄宗心里并不完全否定李白，一位深沉老辣的帝王会注意到各个细节，但他不会因为某个细节就把一个人全盘否定，他还要根据李白以后的表现综合评估李白的价值。

力士脱靴这件事，《旧唐书》《新唐书》和唐人笔记中都有记载，只是细节上有出入。《唐国史补》说的是：

> 李白在翰林多沉饮，玄宗令撰乐词，醉不可待，以水沃之，白稍能动，索笔一挥十数章，文不加点。后对御引足令高力士脱靴，上令小阉排出之。

按这个说法，李白让高力士脱靴不是发生在他初入宫时，而是某次入宫时，他伸脚让高力士给他脱靴，唐玄宗让一个小宦官把李白推了出去。

这件事从宫里传出来，难免细节上失真。李白曾经让高力士给他脱靴是有的,也许是进过几次宫,混熟了,觉得可以跟高力士开个玩笑。只是,在宫里,玩笑是不能随便开的。

唐玄宗与大臣下棋,眼看要输了,杨玉环把怀中抱着的猫放到棋盘上,猫把棋子扒拉乱了。这个玩笑就开得好,给皇帝解了围,免得皇帝丢面子。

李白让高力士脱靴,这个玩笑开得不好,打狗还得看主人,让高力士丢面子,就是让皇上丢面子。

唐玄宗命令一个小宦官把李白推出去,他还是爱惜李白的,也没真恼。

即使没有脱靴一事,高力士也看不惯李白。

高力士与李白不是一类人。高力士在宫中陪伴唐玄宗几十年,他性格谨慎,做事周密,喜怒不形于色。他这些特性,样样都是与李白反着的。

唐玄宗喜欢的女人杨玉环,喜欢的女婿张垍,他们都不喜欢李白,都在唐玄宗面前进过李白的谗言。

唐人笔记中说,杨玉环非常喜欢李白写的《清平调》,经常吟哦,心花怒放。"云想衣裳花想容"这样的诗句,是个女人就会喜欢。

高力士跟杨玉环说:"我还以为您憎恨李白呢,原来您这么眷念他。"杨玉环很吃惊,问高力士何出此言。高力士说:"他把您比作赵飞燕,赵飞燕是汉代祸乱后宫的妖妃,这不是讽刺您吗?"

杨玉环如梦初醒,从此不喜欢李白,唐玄宗几次要给李白官职,都被杨玉环阻止。

这是一个小人挑拨离间、无脑女信以为真的故事,在民间故事、流行小说中,我们经常看到这样的桥段。而在现实生活中,不大可能发生。

杨玉环能够获得唐玄宗宠爱,一半是靠美貌,一半是靠聪慧。她能够准确察知唐玄宗的心思,也能准确察知别人的心思。别人挑拨离间的话,她不会听不出来。

我认为杨玉环对李白的心情也应该有些复杂。

李白写的《清平调》,她是喜欢的。李白这个人,她未必会喜欢。

一些史书把杨玉环说成是红颜祸水,唐朝衰亡她负主要责任。这是推卸责任。她一介弱女子,哪有这能力?唐玄宗晚年虽然昏愦,但还是牢牢掌控着最高权力,无论李林甫,还是杨国忠,都没能翻出他的手心。

但是,杨玉环也不是现代人想象中的白莲花。她没有武则天那样的野心,也没有那样的胸怀与气度。她的聪明才智几乎都用于体察当权男人的心思,用以获取荣华富贵。自从她受到唐玄宗宠爱,她与她的姐妹兄弟都过着奢侈无度的生活。利用君王的宠爱享乐,这就是她的人生目的。

一个耽于享乐的女子，她不会管你是不是个人才。她关注的只是，你能不能让她快乐。你让她快乐，你就是好的；你不能让她快乐，你就不是好的。李白的《清平调》满足了她的虚荣心，这是好的；李白对她毫无尊重之心，这是不好的。

杨玉环在音乐上的造诣较高，在文学上，就是一般人水平。她不会对李白的诗才多么惊讶，多么珍惜。如果李白对她有过不敬言辞，她就会不喜欢李白了。

唐玄宗任命朝廷官员，无须征求杨玉环的意见；可李白整天在宫里写诗，唐玄宗要给李白一个官职，一定会征求心爱女人的意见。杨玉环不同意给李白一个官职，唐玄宗就不会给。李白与杨玉环，当然是杨玉环对唐玄宗更重要。

唐玄宗也不认为整天泡在酒坛子里的李白适合做官。

李白五十岁时写过一首《雪谗诗赠友人》，从题目就看出来，是有人说李白的谗言，他写诗为自己辩解。这首诗刚开始还写得比较节制：

> 嗟予沉迷，猖獗已久。五十知非，古人尝有。
> 立言补过，庶存不朽。包荒匿瑕，蓄此顽丑。
> 月出致讥，贻愧皓首。感悟遂晚，事往日迁。
> 白璧何辜，青蝇屡前。群轻折轴，下沉黄泉。
> 众毛飞骨，上凌青天。萋斐暗成，贝锦粲然。

> 泥沙聚埃，珠玉不鲜。洪焰烁山，发自纤烟。
> 苍波荡日，起于微涓。交乱四国，播于八埏。
> 拾尘掇蜂，疑圣猜贤。哀哉悲夫，谁察予之贞坚？

李白越写情绪越激动，几乎破口大骂：

> 彼妇人之猖狂，不如鹊之强强。
> 彼妇人之淫昏，不如鹑之奔奔。
> ....

他用历史上那些祸国妖妇的事迹，骂这个女人淫荡惑主：

> 妲己灭纣，褒女惑周。天维荡覆，职此之由。
> 汉祖吕氏，食其在傍。秦皇太后，毒亦淫荒。
> 蟏蛸作昏，遂掩太阳。万乘尚尔，匹夫何伤。
> ....

郭沫若认为，李白骂的是刘氏，就是《南陵别儿童入京》中的"会稽愚妇"。

我觉得还是骂杨玉环之说比较合理。李白诗中列举的妲己、褒姒、吕后、秦始皇母，都是迷惑君王或淫乱无度的妖妇，很显然那位"彼妇人"是个跟妲己、褒姒身份差不多的人物。这个人只能是杨玉环。

杨玉环在唐玄宗面前说李白坏话，导致李白一官半职没捞上，李白"寰区大定，海县清一"的梦想无法实现，这是最让李白痛心的。

"愚妇"刘氏说李白几句坏话，又不影响李白前程，李白不会气得发疯。

赐金放还

李白奉诏入京的第二年春天,安禄山来到长安,他看上去毫无心计,憨态可掬,很快赢得了唐玄宗与杨玉环的信任。

安禄山以一个野心家的敏锐观察力,很快发现杨玉环对唐玄宗的重要性。他知道要想实现自己的野心,必须要拿住这个女人。

安禄山厚着脸皮认比他小十八岁的杨玉环做了干娘。有干爹干娘加持,安禄山步步高升,最后做到平卢、范阳、河东三镇节度使,统领着唐朝将近三分之一的兵力。

顽固地坚持自我、不愿对任何人奴颜婢膝的李白,却在长安城越混越差。李白心中愤懑,他在《玉壶吟》中写道:

> 烈士击玉壶,壮心惜暮年。
> 三杯拂剑舞秋月,忽然高咏涕泗涟。
> 凤凰初下紫泥诏,谒帝称觞登御筵。

> 揄扬九重万乘主，谑浪赤墀青琐贤。
> 朝天数换飞龙马，敕赐珊瑚白玉鞭。
> 世人不识东方朔，大隐金门是谪仙。
> 西施宜笑复宜颦，丑女效之徒累身。
> 君王虽爱蛾眉好，无奈宫中妒杀人！

李白心里渐渐怀疑，留在长安还有什么意义！违背自己心意，巴结权贵？他喜欢贺知章送给他的谪仙人的绰号，他内心里深以这个绰号为傲。

多年后的一天，李白在湖州一家酒肆中高歌纵酒，湖州司马迦叶氏听到以后，感觉很惊异，进去问他是什么人，李白作诗《答湖州迦叶司马问白是何人》回答道：

> 青莲居士谪仙人，酒肆藏名三十春。
> 湖州司马何须问，金粟如来是后身。

一个贬到人间的仙人，他的灵魂是高贵的，人间帝王也不能让他屈服，何况一个帝王宠爱的女人与一个帝王驱使的阉人。但是，人间的权力掌握在他们手里，不讨好他们，就无从分享权力，也就不可能实现自己的政治抱负。

李白欢快的心情没有了，陷入深深的郁闷中，只能以醉解千愁，醒来的时候，心里空荡荡的。李白心里犹豫不决，是在长安住下去还是离开长安呢？长安复杂的人际关系让他格外怀念隐居山林的生活，还是幽静的山林更适合他。但是，他知道，这次离开长安，以后很难有机会再回来。

就在李白犹豫不决之时，他的人生知己贺知章辞官回乡了。

天宝三载（744年）正月，一向身体健康的贺知章突然病倒，几天不省人事，人们都以为他不行了，但几天后他渐渐康复。

身体康复以后的贺知章知道自己八十六岁，已经岁月不多。他不愿老死在京中。自从三十来岁考中进士离开故乡，他已经快五十年没回去了。他想回到家乡，闲散地度过余生。

贺知章向唐玄宗辞官，请求回家做道士。唐玄宗知道留不住贺知章，就给他举行了一个盛大的欢送仪式，表示对这位四朝老臣的尊重。太子李亨带领文武百官为贺知章送行，唐玄宗亲自写御诗《送贺知章归四明》相赠：

> 遗荣期入道，辞老竟抽簪。
> 岂不惜贤达，其如高尚心。
> 寰中得秘要，方外散幽襟。
> 独有青门饯，群僚怅别深。

这首诗写得中规中矩，没有毛病，也没有感人至深的句子。御制诗只能这样，主要功能不是传情达意，而是表达一种政治态度。

皇帝写诗送别，朝廷官员也都写诗相赠。"弄璋""弄獐"都分不清的白字宰相李林甫也写了首《送贺监归四明应制》。

挂冠知止足，岂独汉疏贤。
入道求真侣，辞恩访列仙。
睿文含日月，宸翰动云烟。
鹤驾吴乡远，遥遥南斗边。

这首诗写得像模像样，不知是李林甫自己写的，还是让人代笔。

李白虽然不是正式官员，但他身在翰林院，又是贺知章好友，写送别诗是少不了的。李白写了两首诗，一首是《送贺监归四明应制》。

久辞荣禄遂初衣，曾向长生说息机。
真诀自从茅氏得，恩波宁阻洞庭归。
瑶台含雾星辰满，仙峤浮空岛屿微。
借问欲栖珠树鹤，何年却向帝城飞。

李白这首应制诗与唐玄宗的御制诗、李林甫的应制诗一样辞藻丰美、内容空洞,三个人的诗放在一起,我们一句也记不住。难怪李白在这样的环境中越来越郁闷,这个环境就是不让个人有突出的个性特征,越像权力机器上的一个零部件越容易适应环境。

私下里,李白另给贺知章写了一首送别诗《送贺宾客归越》。

镜湖流水漾清波,狂客归舟逸兴多。
山阴道士如相见,应写黄庭换白鹅。

这首诗,内容活泼了,感情也真挚了,对我们这些读者来说,终于不会看得一头雾水了。

李白送别贺知章,心里空落落的,他觉得自己在长安城也待不下去了。

李白上书唐玄宗,请求离开长安,唐玄宗批准了李白的请求,并赐给他一笔钱,算是他这一年多在宫廷写诗的报酬。

关于李白赐金放还的原因,李阳冰的《草堂集序》中说是"朝列赋谪仙之歌凡数百首,多言公之不得意。天子知其不可留,乃赐金归之",刘全白的《唐故翰林学士李君碣记》说是

"同列者所谤,诏令归山",范传正的《唐左拾遗翰林学士李公新墓碑并序》说是"候间上疏,请还旧山。玄宗甚爱其才,或虑乘醉出入省中,不能不言温室树,恐掇后患,惜而遂之"。

这是关于李白生平最可靠的三份资料,三份资料三种说法。

前两种说法没有新奇之处,都是说李白在长安城中不得意,李白被同行诽谤(杨玉环、高力士诽谤一事,他们不敢说)。范传正提出一个新的说法:唐玄宗虽然非常爱惜李白之才,但是李白经常喝得大醉出入官中,他怕李白把宫中的私密传到外面去,只好同意了李白的请求。

这种说法挺有道理的。

唐玄宗一向爱才惜才,李白这样一个天才,他不会不喜欢。李白在宫中一年多,把宫体诗提升到了一个崭新水平,一个唐玄宗以前想都没想到的高度。

但是,李白整天泡在酒缸里,经常喝得烂醉如泥,睡在酒肆简陋的床铺上。这种地方,三教九流,什么人也有,谁知道李白会不会酒后胡言乱语,把宫里的事情说出去;谁知道会不会有别有用心之人收买李白,让他打听宫里的情报。发生这样的事,会给唐玄宗带来不必要的麻烦。即使没有麻烦,唐玄宗也不希望老百姓了解他的生活状况。皇帝的私生活要保持神秘性,如果老百姓知道皇帝也是个需要吃喝拉撒，会打喷嚏、流鼻涕的老汉，他们对皇帝的恭敬就会大打折扣。

唐玄宗赐给李白一笔钱是为了保全李白的体面，也是给他一笔封口费。

李白天宝元年奉诏初入长安，天宝三载离开，掐头去尾，不到两年他就落寞地离开了长安——这个给他无限梦想又让他无比失望之地。

李白又开始了漫长的游历。光阴仿佛瞬间回转，转回到二十年前，意气风发的青年李白，腰里揣着三十万贯钱，满怀希望离开家乡。他以为，那是他生命的新起点，他会实现人生梦想。二十年过去，他的头上长出了白发，他的面容不再是青春的模样，他腰里又揣着一笔钱，走在了游山玩水的路上。

二十年前的那些梦想，是实现了还是没实现？

他娶到过已故许相国的孙女；他入过翰林院，进过皇宫，坐过皇宫里的七宝床，吃过皇帝亲手调的御羹，腰里揣着皇帝赐的一笔钱，好像他的愿望实现了一部分。

可是，他原本不缺钱。离开故乡时，他本来就带着一大笔钱，出来游历是想实现政治抱负，而不是谋一笔钱，回家娶妻生子，过安稳人生。

临行前，李白去与在翰林院结识的好友一一道别。

他来到王侍御家，王侍御不在，只有壁上一只巧嘴鹦鹉在学人说话。李白曾听王侍御说,这只鹦鹉原是宫中所养,能言善辩,深得君王赏识,只因老了,身上的羽毛稀疏,不好看了,被放到了宫外。

李白看着这只鹦鹉,感慨万千,吟了首《初出金门寻王侍御不遇咏壁上鹦鹉》。

落羽辞金殿,孤鸣咤绣衣。
能言终见弃,还向陇西飞。

鹦鹉啊鹦鹉,你能说会道有什么用,还不是被君王抛弃了?

翰林院里的同事摆酒给李白送行,李白写了首长诗《东武吟》跟他们告别。在诗的最后,李白写道:"书此谢知己,吾寻黄绮翁。"李白说,自己要到商山去祭拜黄绮公的坟墓,像他那样入山学道去。

与贺知章荣归故里的大场面不同,李白离开长安时比较冷清,原先那些见他有可能会成为政坛新秀,赶忙来巴结他的人,一个都没有露面。李白感受到了什么是世态炎凉。

少年不得意,落魄无安居。
愿随任公子,欲钓吞舟鱼。
常时饮酒逐风景,壮心遂与功名疏。

兰生谷底人不锄，云在高山空卷舒。
汉家天子驰驷马，赤车蜀道迎相如。
天门九重谒圣人，龙颜一解四海春。
彤庭左右呼万岁，拜贺明主收沉沦。
翰林秉笔回英眄，麟阁峥嵘谁可见？
承恩初入银台门，著书独在金銮殿。
龙驹雕镫白玉鞍，象床绮席黄金盘。
当时笑我微贱者，却来请谒为交欢。
一朝谢病游江海，畴昔相知几人在？
前门长揖后门关，今日结交明日改。
爱君山岳心不移，随君云雾迷所为。
梦得池塘生春草，使我长价登楼诗。
别后遥传临海作，可见羊何共和之。

这是多年以后，李白写给南平太守李之遥的诗《赠从弟南平太守之遥二首》中的一首。

离开长安以后的李白，一遍遍回忆自己当年受到的恩宠。他曾经享受过别人不曾享受过的待遇，这让他感觉自己的人生不是很失败；如今自己的寥落是别人太势利的缘故。

真想穿越时空告诉他，这是人之常情。一个在宦海浮沉的人，有很多烦琐的公务要处理，要面对各种风险、各种问题，他没有太多时间去应对那些昙花一现、倏然离开的人物。

茫茫人海里，大部分人注定擦肩而过，只有少数人三观相投、兴趣相合，才会成为永久的朋友。

· 第五章 ·

江湖漂泊：前路漫漫有知己

告别长安

长安古道,行人络绎。身着春装的李白,骑着一头毛驴,身后跟着一个童子。

他们走到距长安三十里的灞陵亭,灞河水浩浩荡荡地流过。因为汉文帝陵墓在此,人们便把此地称为灞陵,又作霸陵。不久前,李白在这里送别朋友,写下送别诗《灞陵行送别》。

> 送君灞陵亭,灞水流浩浩。
> 上有无花之古树,下有伤心之春草。
> 我向秦人问路岐,云是王粲南登之古道。
> 古道连绵走西京,紫阙落日浮云生。
> 正当今夕断肠处,骊歌愁绝不忍听。

那时正值春寒,山上的古树无花无叶,地上的野草刚刚萌出绿芽。东汉末天下大乱,建安七子之一的王粲从这里南下荆州避难，写下"南登霸陵岸，回首望长安"之句。这才过了多久，山上的树都披上了绿装，地上的草色更加深沉浓郁。

　　李白心情正如送别朋友时所写的"正当今夕断肠处，骊歌愁绝不忍听"。李白站在灞陵亭上，回首望去，长安城高大的城墙已经快要望不见了。

　　长安，此时一别，不知今生可还能归来？

　　李白沿着长安古道继续往前走，走过蓝田，来到商山。

　　商山是长安城东南一座名山，山势险峻，景色优美。秦末汉初，东园公、夏黄公、绮里季、甪里先生四位高士隐居商山，不愿出仕。

　　汉宫里，刘邦的皇后吕雉与他宠爱的戚夫人为自己的儿子争夺帝位已到白热化。吕雉斗不过美艳受宠的戚夫人，眼见得已落下风，仓皇之中，她让自己的哥哥吕泽问计于张良，张良深知卷入宫廷争端是危险的，只好跟吕泽说："顾上有不能致者，天下有四人。四人者，年老矣，皆以为上慢侮人，故逃匿山中，义不为汉臣。然上高此四人。今公诚能无爱金、玉、璧、帛，令太子为书，卑辞安车，因使辩士固请；宜来。来，以为客，时时从入朝，令上见之，则必异而问之。问之，上知此四人贤，则一助也。"吕泽按张良的指点请来商山四皓。刘邦看到商山四皓都站在太子身边，认为太子得了民心，只好放弃废太子刘盈的打算。

　　四皓去世以后，葬在商山脚下。

李白来到商山时，时光已经翻过近千年。

近千年里，四皓作为民间高士的代表，一直受到人们尊敬，人们不断为他们修缮坟墓，但他们的坟墓仍然一片荒芜，藤萝纠缠、野草疯长，几乎把四皓墓埋没了。

李白途经商州四皓墓时，创作了这首《过四皓墓》。

我行至商洛，幽独访神仙。园绮复安在？云萝尚宛然。
荒凉千古迹，芜没四坟连。伊昔炼金鼎，何年闭玉泉？
陇寒唯有月，松古渐无烟。木魅风号去，山精雨啸旋。
紫芝高咏罢，青史旧名传。今日并如此，哀哉信可怜。

在商山，李白拜访了一位隐居在此的山人朋友，山人摆上山中的野蔬，酌上自酿的浊酒，与李白把酒话古今。几杯酒落肚，李白看着芳草上飞舞的蝴蝶，念道：

苍苍云松，落落绮皓。
春风尔来为阿谁？蝴蝶忽然满芳草。
秀眉霜雪颜桃花，骨青髓绿长美好。
称是秦时避世人，劝酒相欢不知老。
各守麋鹿志，耻随龙虎争。
欻起佐太子，汉皇乃复惊。

> 顾谓戚夫人，彼翁羽翼成。
> 归来商山下，泛若云无情。
> 举觞酹巢由，洗耳何独清。
> 浩歌望嵩岳，意气还相倾。

这首《山人劝酒》写得很自然，前几句非常口语化，当是李白看着眼前景，随口念出来的。念完以后，他的思绪就穿越时空，来到西汉初年。他仿佛看见四皓精神矍铄的不老仙容，他们仿佛在与自己对话，说他们为什么要隐居山中，为什么要出山帮助太子。

李白借这首诗表达自己的心意，他不认为像巢父与许由那样一生隐居山中才是清高，他还是希望自己像四皓那样，有合适的时机就出山干一样大事，然后功成身退，隐居山林。

李白希望自己能够复制司马相如、鲁仲连、商山四皓等人的人生道路，既可以回避复杂的现实操作，又能参与历史进程，实现人生价值。

元人辛文房写的《李白传》中说，李白还游过华山。在去华山途中，李白骑着毛驴从县衙门前经过。县令见有人经过县衙不下驴，勃然大怒，让人把李白押到堂上，一番审问后才知道，原来他是大名鼎鼎的李翰林，于是连忙向李白赔罪，李白大笑着走了。

> 白浮游四方,欲登华山,乘醉跨驴,经县治,宰不知,
> 怒引至庭下曰:"汝何人,敢无礼?"白供状不书姓名,曰:
> "曾令龙巾拭吐,御手调羹,贵妃捧砚,力士脱靴。天子门
> 前,尚容走马,华阴县里,不得骑驴?"宰惊愧,拜谢曰:
> "不知翰林至此。"白长笑而去。

李白天宝三载离开长安,杨玉环天宝四载才封为贵妃。李白不可能未卜先知,写出"贵妃捧砚"之句,这只能是后人的附会。虽然这个故事的细节经不起推敲,但是这给我们提供了一个新视角,那就是我们不能仅从李白诗中认识李白,我们还应该从他人的角度看看李白。

李白不是被皇帝赶出皇宫的,而是主动要求离开,皇帝还赐给了李白一大笔钱。李白纵然不像贺知章那样声势浩大地荣归故里,也是载满荣耀离开长安。古往今来,有几个文人能让皇帝赐金还山?

李白在长安这段时间,他的诗歌轰动朝廷、轰动皇宫,用跟他同时代的文学家任华的话来说就是:"新诗传在宫人口,佳句不离明主心。"(《寄李白》)

皇上都成为李白的粉丝,李白盛唐第一诗人的宝座坐定了。

任华无限羡慕地写下《寄李白》,描绘了李白离开长安时的

情景。

> 有敕放君却归隐沦处，高歌大笑出关去。
> 且向东山为外臣，诸侯交迓驰朱轮。
> 白璧一双买交者，黄金百镒相知人。

在任华笔下，李白根本不是郁闷地离开，而是潇洒地扬长而去，地方上的权贵豪门争相与李白结交，以得到李白的诗为荣。

在扬州见过李白的铁杆粉丝魏颢说李白"骏马美妾，所适两千石郊迎"。

在接下来的十几年漫游生涯中，李白的日子过得很惬意，他骑着骏马，拥着美人，走到哪里，太守级别的官员都亲自到城外迎接。

任华也是李白的铁粉，他听说李白在长安，便追到长安，可李白已经到江东拜访元丹丘去了。没见上偶像一面，任华遗憾不已。

那个惆怅、愤懑的李白与这个自豪、潇洒的李白合而为一，才是一个完整的李白形象。

李白离开商山，去洛阳拜访他的老友崔侍御。

这位崔侍御，郭沫若认为他是"饮中八仙"之一的崔宗之。近年来，学术界认为崔侍御是崔沔长子崔成甫，李白与他在洛阳相识。后来李白到江淮一带游玩,崔成甫也被皇帝贬到南方,两人经常在金陵、宣城游玩饮宴。

李白写过两首《赠崔侍御》,其中一首很有地域特色。

> 黄河三尺鲤,本在孟津居。
> 点额不成龙,归来伴凡鱼。
> 故人东海客,一见借吹嘘。
> 风涛倘相见,更欲凌昆墟。

洛阳附近有龙门、孟津,李白化用"鲤鱼跳龙门"的故事,写一只没有化为龙的鲤鱼,回来跟寻常鲤鱼混在一起,李白说这只鲤鱼倘若遇上大风浪,会展现出不凡的身姿。

李白在洛阳结识了很多名流,最有名的当数落魄名门子弟杜甫。

跟李白这个说不清道不明的兴圣皇帝九世孙不同,杜甫是个如假包换的名门子弟。他出身于襄阳杜氏,世代联姻名门。他的身体里还流淌着唐太宗李世民的血液——他的外祖母李氏是唐太宗李世民的重孙女。

杜甫早年丧母,在洛阳姑姑家长大。杜甫的祖父杜审言是初唐著名诗人,杜甫遗传了祖父的诗歌天赋,七岁会写诗,九岁写的诗文装满了一个布囊。成年以后,杜甫的诗越写越好,他的人生却非常不顺，比李白还不如意。

因为杜甫的"三吏""三别"等诗，我们经常以为杜甫是个愁眉不展的小老头，其实不然。杜甫年轻时是个狂人，他说自己"性豪业嗜酒，嫉恶怀刚肠"（《壮游》），任华说他"郎官丛里作狂歌，丞相阁中常醉卧"（《寄杜拾遗》），要不然杜甫也不会写《饮中八仙歌》，他是从心里欣赏贺知章、李白等人，可惜他那时名气不大，也没在长安，不然，他也会是醉仙中的一个。

杜甫比李白小十一岁，遇到李白时，他三十三岁。这是人世最美的相逢。闻一多把李杜相逢比为日月交会。

> 譬如说，青天里太阳和月亮走碰了头，那么，尘世上不知要焚起多少香案，不知有多少人要望天遥拜，说是皇天的祥瑞。如今李白和杜甫——诗中的两曜，劈面走来了，我们看去，不比那天空的异端一样神气，一样地有重大的意义吗？

唐朝诗歌天空里两颗最明亮的星星在洛阳相逢，碰撞出耀眼的火花。

杜甫对自己的诗才沾沾自喜，夸他祖父"吾祖诗冠古"，夸他自己"读书破万卷，下笔如有神"。这样一个谁都不服的杜甫，一见李白，仰慕之情如黄河之水滔滔不绝，心甘情愿做李白的迷弟。

李白也觉得杜甫与自己有些相似之处,他与杜甫相约秋后再见,他先回任城,安顿一下家小。

秋天,李白果然如约而来。李白与杜甫开始了一个秋天的漫游。

那是人世间最美的一个秋天吧!天上列着雁阵,天空蓝得透明,白云像是大朵的棉花。树上的绿叶转黄了,秋风拂面而来,每人的衣袖里兜着一袖风。

李白与杜甫在秋风里并肩走,一路谈笑着,欣赏着美景,吟着诗。

那年,杜甫三十三,李白四十四,正是他们人生的黄金岁月。他们的生命,像这秋天的金色大地一样,饱满而坚实。

那年是天宝三载,安禄山刚刚当上范阳节度使。没有人能够穿越时空,告诉李杜,你们要好好珍惜这段光阴,美好时光还有十一年,之后天下就要大乱,大唐王朝再也回不到当初了。

大唐的国力江河日下,大唐的诗歌也渐渐失去原先的力度与气度。他俩携手出游的这一刻,就是中国诗歌的高光时刻。

李白与杜甫沿着洛水到达黄河,经过广武山——这里是楚汉相争的古战场,李白作有《登广武古战场怀古》——再经汴水到达汴州。

时光老人好像觉得李、杜两大巨星相逢碰撞出来的火花还不够耀眼,又给添了一颗小行星。在汴州,他俩遇上了另一位大诗人高适。

高适比李白小三岁,二十多岁时定居于宋州(今河南商丘),一身游侠之气,与同样一身游侠之气的李白很投脾气。于是,李、杜二人行变成李、杜、高三人行。他们一起游览大梁(今河南开封),又一起游览宋州,逛了梁园。

暮秋,他们到达单父县(今山东单县)。单父县东南有一大泽,名为孟诸泽,水草丰美,狐兔正肥,李白等人跨马狩猎,晚上带着猎物来到单父县东楼上,让庖厨把他们打来的野味炖的炖,烤的烤。他们喝着佳酿,吃着烧烤,还叫来两名女伎在楼下表演歌舞。

这是多么美好的时光。

游玩了一个秋天,杜甫回洛阳去了。李白与高适又逛了一段时间后,高适告别李白,南下楚地。李白也要去齐州(今山东济南)受道箓。

李白与高适,一别再未相见。

李白与杜甫,后会有期。

李杜重逢

李白与高适分手以后,去齐州紫极宫请天师高如贵传授道箓,从此李白正式拥有道士身份。然后他前往安陵,请道士盖寰为他造真箓,李白写有《访道安陵遇盖还为余造真箓临别留赠》一诗,表达他的喜悦之情。

过去的士子文人,往往进而孔孟,退而老庄。孔孟主张入世,只有入世才能安社稷、济苍生;老庄主张避世,避世才能远离纷争,让心灵安宁。

李白皈依道家,有他仕途的不得意,也有时代之影响——在盛唐,入山修道是很时尚的事情。从李白的性格来说,儒道之间,他更适合道家。儒家从创立之初,就是应对现实世界中的各种问题,李白天真烂漫的性格,注定让他在面对现实的琐碎问题时手足无措。

入山修道,是李白很久以来的心愿,只是他身体里的天赋像一只不安分的鸟,昼夜鸣叫,让他不得安宁。他通过写诗释放一部分,还有一部分得不到释放,诱使他想通过建功立业来释放。长安之行,让他的建功立业梦想破灭;皈依道家,可以把他的目光引向缥缈的神仙世界,让他在对神仙世界的想象中释放他的一部分天赋。

实现这个心愿以后,李白回到任城家中,在家中过了一个春夏。在秋风渐起、炎暑将退的日子,李白听说他的好友杜甫到齐州来了。

北海太守李邕特地赶到齐州与杜甫见面。李邕爱名士,此时的杜甫还不算有名,可是杜甫的爷爷有名。爷爷是一代文宗,孙子的诗也写得好,李邕觉得不可不见。李白也赶来了,两人同访李邕。当年在蜀中,年轻的李白去拜访李邕,李白高谈阔论,引起李邕反感,李白气得写了首《上李邕》。时光荏苒,转瞬二十余年,李白成为名闻天下的大诗人,李邕也老了,他大大称赞李白的诗才,两人尽释前嫌。

李白听说东海有位妇人,她的丈夫被人谋害,她为夫报仇杀死凶手。李邕非常赞赏这位妇人的勇气,上书朝廷为她脱罪。李白非常感动,写了首《东海有勇妇》,称赞这位妇人的勇气与李邕的正义感。

梁山感杞妻,恸哭为之倾。
金石忽暂开,都由激深情。

东海有勇妇，何惭苏子卿。
学剑越处子，超腾若流星。
捐躯报夫仇，万死不顾生。
白刃耀素雪，苍天感精诚。
十步两躩跃，三呼一交兵。
斩首掉国门，蹴踏五藏行。
豁此伉俪愤，粲然大义明。
北海李使君，飞章奏天庭。
舍罪警风俗，流芳播沧瀛。
名在列女籍，竹帛已光荣。
淳于免诏狱，汉主为缇萦。
津妾一棹歌，脱父于严刑。
十子若不肖，不如一女英。
豫让斩空衣，有心竟无成。
要离杀庆忌，壮夫所素轻。
妻子亦何辜，焚之买虚声。
岂如东海妇，事立独扬名。

告别李邕，李白与杜甫在鲁西南一带游历。他们一起游山玩水，拜会朋友。

有一天，李白与杜甫出鲁城北，到山中隐居的范十家中做

客,杜甫在《与李十二白同寻范十隐居》中写道:

> 李侯有佳句,往往似阴铿。
> 余亦东蒙客,怜君如弟兄。
> 醉眠秋共被,携手日同行。
> 更想幽期处,还寻北郭生。
> 入门高兴发,侍立小童清。
> 落景闻寒杵,屯云对古城。
> 向来吟橘颂,谁与讨莼羹?
> 不愿论簪笏,悠悠沧海情。

这次去范十家很搞笑。李白与杜甫在山中迷了路,他俩骑着马在山间乱转,误入苍耳丛中。秋天苍耳成熟,一个个倒刺跟小钩子似的,越是裘皮衣服越容易往上粘。李白身上穿着一件名贵的翠云裘,被苍耳扯住,几乎挣不出来;杜甫的衣服上也挂了许多苍耳。两个人好不容易从苍耳丛中撕扯出来,狼狈不堪地来到范十家。宾主相见,相视而笑,范十帮他们摘尽衣服上的苍耳,邀请他们入席。

李白创作了一首《寻鲁城北范居士失道落苍耳中见范置酒摘苍耳作》自叙道:

……………

忽忆范野人，闲园养幽姿。
茫然起逸兴，但恐行来迟。
城壕失往路，马首迷荒陂。
不惜翠云裘，遂为苍耳欺。
入门且一笑，把臂君为谁。
酒客爱秋蔬，山盘荐霜梨。
他筵不下箸，此席忘朝饥。
酸枣垂北郭，寒瓜蔓东篱。
还倾四五酌，自咏猛虎词。

……………

李杜一同游玩了两个秋天，彼此熟稔，熟到他们互相打趣起来。李白写过一首《戏赠杜甫》。

饭颗山头逢杜甫，顶戴笠子日卓午。
借问别来太瘦生，总为从前作诗苦。

有人说，这是李白看不起杜甫，写诗嘲笑杜甫。

唐孟棨《本事诗·高逸》："白才逸气高，与陈拾遗齐名……尝言'兴寄深微，五言不如四言，七言又其靡也，况使束于声调俳优哉！'故戏杜曰：'饭颗山头逢杜甫，头戴笠子日卓午。借问何来太瘦生，总为从前作诗苦。'盖讥其拘束也。"

孟棨的说法，不能说没有道理。

李白、杜甫这样伟大的诗人，也不是每种题材都擅长，李白擅长歌行体，杜甫写的歌行体气力上就弱。绝句，杜甫写不过李白；律诗，李白写不过杜甫。

李白与杜甫是气质上非常接近的人。李白狂，杜甫也狂；李白喜欢夸夸其谈，杜甫也是"好论天下大事，高而不切"。但是，杜甫是名门之子，受儒家思想影响深，他的体质弱，没李白那样的热血奔腾，这就注定他们的文学创作不会完全一致。

他们携手逛了一个秋天后，杜甫与李白作别，李白在鲁郡东石门设宴，为杜甫送行，李白写有《鲁郡东石门送杜二甫》。

醉别复几日，登临遍池台。
何时石门路，重有金樽开。
秋波落泗水，海色明徂徕。
飞蓬各自远，且尽手中杯。

杜甫也写了一首《赠李白》。

秋来相顾尚飘蓬，未就丹砂愧葛洪。

痛饮狂歌空度日,飞扬跋扈为谁雄。

两位诗人就此作别,以为天高水长,必有相见之时。谁知这一别就是永诀,他们这一生再未相见。

杜甫的余生,再也没有忘记李白。

两年后,李白的好友孔巢父辞别长安,到江东去。杜甫激动不已,给孔巢父送行时赠诗一首,请孔巢父在江东遇到李白,向李白转达他对李白的问候:"南寻禹穴见李白,道甫问讯今何如。"(《送孔巢父谢病归游江东兼呈李白》)

春天来了,杜甫看着满树烟柳,不由想起与李白同游的日子。什么时候他才能再次见到李白,与李白一起谈诗论文?

白也诗无敌,飘然思不群。
清新庾开府,俊逸鲍参军。
渭北春天树,江东日暮云。
何时一樽酒,重与细论文。

——《春日忆李白》

冬天来了,杜甫独自坐在书斋里,又想念起李白来,翻箱倒柜找出李白的诗,一边吟诵,一边回忆与李白一起游玩的日子,遗憾自己不能履行与李白一起隐居鹿门的约定。

寂寞书斋里,终朝独尔思。
更寻嘉树传,不忘角弓诗。

——《冬日有怀李白》

十几年后,李白因为永王李璘事件,流放夜郎。杜甫闻听消息,既为李白担心,又为李白多舛的命运惋惜,认为李白跟屈原一样,才华横溢,却受谗于小人。杜甫作诗《天末怀李白》。

凉风起天末,君子意如何?
鸿雁几时到,江湖秋水多。
文章憎命达,魑魅喜人过。
应共冤魂语,投诗吊汨罗。

安史之乱,杜甫颠沛流离,逃往蜀中,经过李白的家乡,看到李白早年读书的匡山,他又想念起李白,希望李白漂泊倦了,白发时回到故乡,在匡山安静读书,有感而发作《不见》。

不见李生久,佯狂真可哀。
世人皆欲杀,吾意独怜才。
敏捷诗千首,飘零酒一杯。

> 匡山读书处，头白好归来。

因为天下大乱，杜甫很久没有李白的消息，江南瘟疫流行，经常有人染上瘟疫死去，他以为李白也很可能凶多吉少。他晚上做梦，梦到李白，醒来时，只见满室月光。他想一定是李白死了，给自己托梦来了。

杜甫写《梦李白二首》，其中有诗句云："江南瘴疠地，逐客无消息。故人入我梦，明我长相忆。""浮云终日行，游子久不至。三夜频梦君，情亲见君意。"

据统计，杜甫写给李白的诗有十四五首。

有人为杜甫打抱不平，说李杜分别以后，杜甫对李白念念不忘，为李白写了那么多诗，李白一首也没写给杜甫，杜甫是在"单相思"。

李白也不是一首没给杜甫写，李白与杜甫分别以后，写过一首《沙丘城下寄杜甫》。

> 我来竟何事？高卧沙丘城。
> 城边有古树，日夕连秋声。
> 鲁酒不可醉，齐歌空复情。
> 思君若汶水，浩荡寄南征。

在数量上，李白写给杜甫的诗不能与杜甫写给李白的诗相比，不过友情这东西，也不能按数量计件。在感情上，李白比较薄情，李白的感情大多投入到大自然的山山水水之中，在人身上，就薄了。李白的父母兄弟，他何尝提到？妻子儿女，也不过提到几次而已。他能够在分别之后寄诗于杜甫，对与杜甫的友情就是认可的。

我们还要想到一个客观事实，李杜相遇时，李白已经名满天下，他的诗歌成就也达到高峰，李白是天赋惊艳的诗人，目光炯炯，风流蕴藉，自带明星气质。杜甫当时名气还不大，杜甫的诗是越到晚年越好。人们把他与李白并称李杜，是指他们两人的终身成就旗鼓相当。

李杜相见时，杜甫还达不到与李白并肩的水平。李杜相见时，李白已经走遍大半个中国，交往的诗人无数，比如孟浩然、王昌龄、高适等。在后世看来，他们的成就比不上杜甫，但就当时来说，他们的成就不亚于杜甫。

对李白来说，杜甫是他一生中交往的无数友人中的一个；他与杜甫一起漫游的两个秋天，也是他一生中无数次漫游的组成部分。

杜甫在遇到李白以前，也曾经漫游吴、越、齐、赵等地，但是不如李白那样潇洒，跟李白在一起漫游的两个秋天，是他一生中最欢快的记忆之一。他的后半生，颠沛流离，不是逃难，就是艰难谋生，毫无快乐可言。

他对李白的思念，是对一段快乐人生的怀念，也是对一位天才的敬仰。

三国时的曹丕说"文人相轻，自古而然"，这句话经常被人引用。我想说的是，真正的文人，永远不会相轻。一个人到了一定段位以后，他是独孤的，尘世茫茫，知己无几，如同行走于精神世界的旷野，看到有人同行，他是警惕的，也是兴奋的。

那些所谓的"相轻"，只是三观不同，或是真假文人的本能排斥，外人难以分辨，故以文人相轻来解释。

至于曹丕，他出生在一个政治与文学叠加的家庭中，他看到的文人相轻，投射着政治的倒影。

李白与杜甫，何曾相轻？

游金陵,访旧友

春天来了,桃李花开,蝴蝶翩飞。

春天里,人的心情总是好的。

一年复始,也让人感叹韶光易逝,不知不觉,又长了一岁,岁岁年年,知复何时。时光逝去,不变的是光景,变的是光景中的人。

趁着大好春光,李白又一次与朋友登上单父县的栖霞山。当年梁王刘武为了在山中打猎,营建了许多楼阁,如今楼台荒芜,梁王成为遥远的传说。李白逛累了,来到山上的孟氏桃园饮酒,写下《携妓登梁王栖霞山孟氏桃园中》。

碧草已满地,柳与梅争春。
谢公自有东山妓,金屏笑坐如花人。
今日非昨日,明日还复来。
白发对绿酒,强歌心已摧。

君不见梁王池上月,昔照梁王樽酒中。
梁王已去明月在,黄鹂愁醉啼春风。
分明感激眼前事,莫惜醉卧桃园东。

醉眼蒙眬中,李白感觉自己不是一位被皇帝放归的文人,而是一位像谢安一样韬光养晦的政治家。东晋宰相谢安当年隐居东山,经常带着一群妓女游山玩水,做出纵情享乐的样子,以免被人猜忌。李白离开长安以后,也经常带着妓女出游,把自己想象成唐代谢安。

他说:"我今携谢妓,长啸绝人群。欲报东山客,开关扫白云。"(《忆东山二首·其二》)

他说:"携妓东土山,怅然悲谢安。我妓今朝如花月,他妓古坟荒草寒。"(《东山吟》)

他说:"安石东山三十春,傲然携妓出风尘。楼中见我金陵子,何似阳台云雨人?"(《出妓金陵子呈卢六四首·其一》)

他说:"南国新丰酒,东山小妓歌。对君君不乐,花月奈愁何?"(《出妓金陵子呈卢六四首·其二》)

因为还梦想着东山再起,李白虽离开长安,但对长安念念不忘。他在金乡遇到一位朋友韦八要到长安去,心中波浪翻腾感慨而作《金乡送韦八之西京》。

> 客自长安来，还归长安去。
> 狂风吹我心，西挂咸阳树。
> 此情不可道，此别何时遇。
> 望望不见君，连山起烟雾。

比起干燥寒冷的北方，李白更想念烟雨蒙蒙的江南。早在头一年，李白就跟朋友说他要到江东去，因为一些原因，直到秋风渐起，落叶纷飞，李白也没有成行。

日有所思，夜有所梦。李白梦见自己来到了浙东天姥山，梦中的美景比现实世界更壮观。醒来以后，他惆怅了很久。他想，跟那些权贵周旋有什么意思，尽情欣赏大自然的美景不是更好吗？

李白把梦中的景象写下来，送给前来给他送行的东鲁友人，告诉他们自己为什么执意要到江东去。

> 海客谈瀛洲，烟涛微茫信难求。
> 越人语天姥，云霞明灭或可睹。
> 天姥连天向天横，势拔五岳掩赤城。
> 天台四万八千丈，对此欲倒东南倾。
> 我欲因之梦吴越，一夜飞度镜湖月。
> 湖月照我影，送我至剡溪。

谢公宿处今尚在，渌水荡漾清猿啼。

脚著谢公屐，身登青云梯。半壁见海日，空中闻天鸡。

千岩万转路不定，迷花倚石忽已暝。

熊咆龙吟殷岩泉，慄深林兮惊层巅。

云青青兮欲雨，水澹澹兮生烟。

列缺霹雳，丘峦崩摧。洞天石扉，訇然中开。

青冥浩荡不见底，日月照耀金银台。

霓为衣兮风为马，云之君兮纷纷而来下。

虎鼓瑟兮鸾回车，仙之人兮列如麻。

忽魂悸以魄动，恍惊起而长嗟。

惟觉时之枕席，失向来之烟霞。

世间行乐亦如此，古来万事东流水。

别君去兮何时还？且放白鹿青崖间。须行即骑访名山。

安能摧眉折腰事权贵，使我不得开心颜。

《梦游天姥吟留别》又是一首李白特色鲜明的诗歌。假使不告诉我们作者是谁，一看这诗风，也几乎能猜到这是李白写的，只有李白才有这样天马行空的想象力和不拘一格的夸张写法。

这首诗是什么体裁？绝句？律诗？乐府？民歌？诗经体？离骚体？

都不是。它是李白杂用各体。

诗歌的文体，在李白这里毫无意义。他用天才的文字驾驭能力融会贯通各种文体。李白的诗歌，展现了人类想象力的无穷边界，也体现了人类自由意志的坚定。

韵律诗的自由韵律，到李白这里就突破了极限，变成了一种创新的体裁。正如张旭之草书，裴旻之剑舞。

我想，给李白送行的东鲁诸公拿到这首诗，心里也会冒出谪仙人这个称谓来。李白是个名副其实的谪仙，这笔法，是仙人的笔法，不是凡人能写的。

李白踏着落叶向南方走去，他一路拜访朋友，饮宴作诗，途中不断有人慕名来拜访他。中都（郡名，治所在今山东汶上）一位小吏，久闻李白大名，听说李白住在附近旅馆里，于是带上一斗酒和两条汶水产的赤鳞鱼去旅馆拜访李白。

李白让店家脍鱼、烫酒，与小吏喝了个一醉方休。席中，李白诗兴大发，作《酬中都小吏携斗酒双鱼于逆旅见赠》，作为酬谢。

鲁酒若琥珀，汶鱼紫锦鳞。
山东豪吏有俊气，手携此物赠远人。
意气相倾两相顾，斗酒双鱼表情素。
双鳃呀呷鳍鬣张，跋剌银盘欲飞去。
呼儿拂机霜刃挥，红肥花落白雪霏。

> 为君下箸一餐饱，醉着金鞍上马归。

第二年春天，李白是在扬州度过的。

烟花三月下扬州，这年三月，李白离开扬州，来到金陵。

在金陵，李白遇到了他的好友崔成甫，崔成甫赠李白诗《赠李十二白》："我是潇湘放逐臣，君辞明主汉江滨。天外常求太白老，金陵捉得酒仙人。"

李白作诗《酬崔侍御》答赠。

> 严陵不从万乘游，归卧空山钓碧流。
> 自是客星辞帝座，元非太白醉扬州。

在金陵的日子是欢乐的。六朝金粉繁华地，有新朋，有旧友，有酒，有月，有美人，李白经常与朋友们欢歌纵酒。

那一夜他们在金陵城西的江边赏月，玩了个痛快。凌晨时分，他们来到孙楚酒楼，一边饮酒，一边唱歌吹笛，尽兴喝到天大亮。傍晚时分，他们十几人坐上一条船，想到石头城看望崔四侍御。李白头上歪戴着乌纱巾，身上倒披着紫绮裘。酒友们有的扶着船舷呕吐，有的荒腔走板地唱歌，有的大声说笑。两岸的渔民行人看到他们滑稽的样子，对着他们拍手而笑，不知道这些酒鬼们傍晚要到哪里去。

走到半路上,一只小船拦住他们,船上的帘子一卷,一位美人冲着他们一笑。原来是李白的一位女粉丝,从吴地追到金陵来了。吴姬说:"我也顾不上害羞了,我们喝上三杯,我就掉转船头回去。"

李白与吴姬登上岸,两人并肩而行。吴姬唱着歌,李白喝着酒,从傍晚一直到天亮。吴姬提笔给李白写了一首诗,李白把吴姬写的诗歌系在裘衣上。

这真是盛世的酒客!真是快乐的时光!

李白作了一首《玩月金陵城西孙楚酒楼达曙歌吹,日晚乘醉著紫绮裘乌纱巾与酒客数人棹歌秦淮往石头访崔四侍御》,描绘了与金陵友人饮宴游乐的情景。

昨玩西城月,青天垂玉钩。
朝沽金陵酒,歌吹孙楚楼。
忽忆绣衣人,乘船往石头。
草裹乌纱巾,倒披紫绮裘。
两岸拍手笑,疑是王子猷。
酒客十数公,崩腾醉中流。
谑浪棹海客,喧呼傲阳侯。
半道逢吴姬,卷帘出揶揄。
我忆君到此,不知狂与羞。

> 月下一见君，三杯便回桡。
> 舍舟共连袂，行上南渡桥。
> 兴发歌绿水，秦客为之摇。
> 鸡鸣复相招，清宴逸云霄。
> 赠我数百字，字字凌风飙。
> 系之衣裘上，相忆每长谣。

崔四御史，应该就是崔成甫。

《旧唐书》载，李白在金陵时，侍御史崔宗之贬官到金陵，两人诗酒唱和，曾经月夜乘舟，从采石到达金陵，李白着白色宫锦袍，与崔宗之谈笑风生，旁若无人。

同样是月夜行舟，同样是崔侍御，与李白诗中描述的十分相似。

但是《旧唐书》所写的这次月夜行舟，似是只有李白与崔宗之两人，而李白诗中是酒客十几人共行。李白诗中说他穿紫绮裘，《旧唐书》说李白是穿白色宫锦袍。

李白在金陵三年多，也许崔宗之曾经贬官到金陵，两人乘舟夜行，或者是《旧唐书》记载有误，与李白月夜行舟的是崔成甫，而非崔宗之？

李白在金陵期间，还写过一首著名七言律诗《登金陵凤凰台》。

凤凰台上凤凰游，凤去台空江自流。
吴宫花草埋幽径，晋代衣冠成古丘。
三山半落青天外，二水中分白鹭洲。
总为浮云能蔽日，长安不见使人愁。

凤凰台，在金陵凤凰山上。南朝刘宋时，传说有五彩之鸟落足于山上，鸣叫之声悦耳动听，众鸟群附，人们谓之凤凰；在山上筑台，人们谓之凤凰台。

当李白登上凤凰台时，凤凰已不见，只见长江水浩浩东流，江水流经白鹭洲，被这块小小的水中陆地分成两股。大江彼岸的三山被云雾遮住，只能看到一个若隐若现的山头。当年吴王的宫殿已经被荒草埋没了，东晋的衣冠名流也成为一丘荒坟。李白极目望向长安，可惜皇帝被奸臣遮蔽视线，让他心里无法舒畅。

李白很少写七律，这是李白为数不多的七律之一。

关于此诗，人们向来认为可与崔颢的《黄鹤楼》争胜。

昔人已乘黄鹤去，此地空余黄鹤楼。
黄鹤一去不复返，白云千载空悠悠。
晴川历历汉阳树，芳草萋萋鹦鹉洲。
日暮乡关何处是？烟波江上使人愁。

崔颢是与李白同时代的诗人,他留下的诗歌不多,但这首《黄鹤楼》尽人皆知,在写黄鹤楼胜景的诗句之中,此诗独领风骚,无人能及。

李白酒隐安陆时,多次登临黄鹤楼,然而他没有留下一首专门描写黄鹤楼胜景的诗句。据说是他登黄鹤楼时,读到了崔颢题在壁上的诗。李白觉得,崔颢把他心里要说的话都写尽了。崔颢此诗,从远古的传说写到眼前的现实,从远处的白云蓝天写到近处的绿树芳草,然后由景及情,把思绪拉向遥远的故乡,思乡之愁像水汽一样弥漫在江面上。

李白叹道:"眼前有景道不得,崔颢题诗在上头。"

以谪仙人自居的李白心里是不服气的,他登上金陵凤凰台,一心想写一首诗,纵不能压倒崔颢,至少可与崔颢平分秋色。

李白做到了。

《登金陵凤凰台》与崔颢的《黄鹤楼》在结构上非常相似,有描摹之嫌。不过,描摹之作,难在出新,不能出新,则画虎不成反类犬。

此诗妙在虽有描摹之嫌,却写出了新意;虽在整体格调上略逊于崔颢之《黄鹤楼》,却在收尾两句,比崔颢的诗立意更高远。

正如写黄鹤楼的诗句,无人超过崔颢;写凤凰台的诗句,无人写过李白。古人评"金陵凤凰台……古题咏惟谪仙为绝唱"。

这也是一段诗坛佳话。

李白从前一年南下,就想去越地拜访老诗人贺知章。他从金陵出发,途中经过丹阳、吴郡(今江苏苏州),看到拉船的纤夫在暑热炎炎的夏天,光着脊背,肩上被纤绳勒出一道道疤痕,好不容易停下来想喝口水,却见壶里的水有一半都是泥沙,浑浊得根本没法喝。李白同情他们的辛苦,写了一首《丁都护歌》。

云阳上征去,两岸饶商贾。
吴牛喘月时,拖船一何苦。
水浊不可饮,壶浆半成土。
一唱都护歌,心摧泪如雨。
万人凿盘石,无由达江浒。
君看石芒砀,掩泪悲千古。

李白到达越中,他特意带上几坛好酒,想与贺老把酒言欢,没想到只看到一座空空的宅院,唯有湖畔的荷花,开得热烈红艳。人们告诉李白,贺知章回乡的当年就病逝了。

李白失落地载酒而归。在船上,他口占一绝,曰《重忆一首》。

欲向江东去，定将谁举杯？

稽山无贺老，却棹酒船回。

这几坛酒，李白只好独自饮。举起酒杯，李白想起与贺知章初见时，他读李白的诗，那兴奋的神情，昏花的老眼都明亮起来。贺知章是李白一生真正的知己。

想不到隔了几年后才听闻，这位可敬可爱的老人已于天宝三载长眠于泥土之中。

李白为悼念贺知章作了《对酒忆贺监二首》：

四明有狂客，风流贺季真。

长安一相见，呼我谪仙人。

昔好杯中物，翻为松下尘。

金龟换酒处，却忆泪沾巾。

——《对酒忆贺监二首·其一》

狂客归四明，山阴道士迎。

敕赐镜湖水，为君台沼荣。

人亡馀故宅，空有荷花生。

念此杳如梦，凄然伤我情。

——《对酒忆贺监二首·其二》

逝去的何止贺知章一人呢？

就在李白去拜访贺知章时，他的好友王昌龄由江宁丞被贬为龙标尉，李白没能给他送行，只好在第二年春天写了一首《闻王昌龄左迁龙标，遥有此寄》寄给王昌龄，表达对王昌龄的思念之情。

杨花落尽子规啼，闻道龙标过五溪。
我寄愁心与明月，随风直到夜郎西。

这是天宝六载（747年）秋天的事情。

这年正月，朝中兴起大狱，七十多岁的北海太守李邕被杖死。

也是这一年，唐玄宗意欲广求人才，下诏民间"通一艺以上者皆诣京师"，让李林甫主持选拔，李林甫一个也没录取。他向唐玄宗道贺，说"野无遗贤"。

杜甫也参加了那次选拔，毫无意外落榜了。

南风吹我心

李白在金陵,一住就是三年多。有朋友相陪,有美人做伴,李白乐不思归。女人,在他心里越来越道具化了。

二十来岁出游吴越时,他笔下的女孩子是青春明媚的,他对她们是远观。几年前,他给东鲁邻家女写求爱诗时,还是含蓄的、委婉的。

现在,他的求爱诗变成了诗歌《示金陵子》中这样的语气。

> 金陵城东谁家子,窃听琴声碧窗里。
> 落花一片天上来,随人直渡西江水。
> 楚歌吴语娇不成,似能未能最有情。
> 谢公正要东山妓,携手林泉处处行。

李白听到一个艺伎在弹琴,他的心在琴声里怦然而动,那不是爱情的心动,而是他觉得这个女子很适合做他扮演谢安的道具。谢安游山玩水时身边总带着一群妓女，他也需要有个妓女陪伴在身边，一个人唱独角戏没意思，有几个配角搭戏，入戏才入得深。

李白的心开始苍老了，他心里已经装不下爱情了。李白把他的爱与情，交给了一位名叫谢朓的古人。

站在李白的时代来说，谢朓也不算很古的古人，他生活的时代距离李白生活的年代只有二百多年。

谢朓是南朝著名诗人，出身于东晋与南朝最高贵的"王谢"中的谢家。

李白早年的文学偶像是司马相如，后来谢朓代替了司马相如在他心中的地位。司马相如的大赋过于注重辞藻，还是谢朓清秀俊丽的诗句更能唤起李白的心灵共鸣。

"大江流日夜，客心悲未央。"（《暂使下都夜发新林至京邑赠西府同僚》）

"余霞散成绮，澄江静如练。"（《晚登三山还望京邑》）

"天际识归舟，云中辨江树。"（《之宣城郡出新林浦向板桥》）

谢朓的很多诗句，已经接近唐诗的风格。

正如杜甫一见李白仰慕终生，李白对谢朓也是终生仰慕。他生前追寻谢朓遗迹，死后遗愿是葬在谢家青山，永伴他的文学偶像谢朓。

这是一个月光明亮的秋夜，李白来到金陵城西的高楼上，看着月下白茫茫的江水，想起谢朓的诗句"澄江静如练"，觉得这个诗句贴切无比，可惜与谢公生不同时，无从向他表达自己的敬慕之情，于是写下《金陵城西楼月下吟》。

> 金陵夜寂凉风发，独上高楼望吴越。
> 白云映水摇空城，白露垂珠滴秋月。
> 月下沉吟久不归，古来相接眼中稀。
> 解道澄江净如练，令人长忆谢玄晖。

李白的文学偶像比较固定，他的政治偶像则因地制宜，在蜀时是司马相如，在吴越时是范蠡，在鲁时是鲁仲连，在金陵是谢安。

李白把他身边的妓女命名为东山妓，是希望自己像谢安一样，有东山再起的一天。

一年又一年，李白年近五十岁。在"人过三十天过午"的古代，这个年龄已近暮年，这个年龄的人已自称"老夫"。李白有时不免悲观地想，他大约没有机会东山再起了。这让他心中郁闷。

李白在金陵认识的朋友王十二，写了首《寒夜独酌有怀》赠给李白，李白提笔写答赠诗《答王十二寒夜独酌有怀》。初时李白的感情比较克制,他写前一夜访友之所见,写着写着,笔就控制不住了,越写越气愤,竟然写了三百多字,赶得上一篇小作文了。

他愤愤地说:咱们不会学那些无赖,靠着在皇上面前表演斗鸡,得到皇帝赏识,在长安城里趾高气扬;咱们也不会学哥舒翰,靠着屠人掠地获得紫袍加身。

> 君不能狸膏金距学斗鸡,坐令鼻息吹虹霓;
> 君不能学哥舒,横行青海夜带刀,西屠石堡取紫袍。

他说:没看见北海太守李邕吗,当年那么意气风发,最后还不是被人活活杖死!没看见裴尚书吗,他的坟头都长满荆棘和荒草了!

> 君不见李北海,英风豪气今何在?
> 君不见裴尚书,土坟三尺蒿棘居。

朝廷里小人当道,正人君子被排斥,这个朝廷,不留恋也罢。

屈指算来,李白离家已是三载。距他南陵别儿童入京,已经过去八年,两个"嬉笑牵人衣"的孩子,现在已经十来岁了,他的两个孩子在干什么?有没有想爹爹想得落泪?想起这一双聚少离多的儿女，李白心里备受煎熬。

两个孩子很小没了娘，他这个爹也不在身边，不能陪伴两个孩子成长。李白多想从南边刮来一阵狂风，把他的心吹到家乡去，看看他的一双儿女。李白饱蘸笔墨，写了这首凝聚他深深父爱的诗《寄东鲁二稚子》。

吴地桑叶绿，吴蚕已三眠。
我家寄东鲁，谁种龟阴田。
春事已不及，江行复茫然。
南风吹归心，飞堕酒楼前。
楼东一株桃，枝叶拂青烟。
此树我所种，别来向三年。
桃今与楼齐，我行尚未旋。
娇女字平阳，折花倚桃边。
折花不见我，泪下如流泉。
小儿名伯禽，与姊亦齐肩。
双行桃树下，抚背复谁怜？
念此失次第，肝肠日忧煎。
裂素写远意，因之汶阳川。

李白的诗不但有画面感，还有故事性。

寻常人会想，我种的桃树长很高了吧？我的孩子长很高了吧？我的孩子在做什么？李白能把这些意象组合起来，组成一个有故事情节的画面。他的女儿平阳在树下摘桃花，想起爹爹带着他们种桃树的情景，不由满脸是泪。他的儿子伯禽走了过来，站在姐姐身边，小姐弟俩的背影孤孤单单。李白多想伸出一双手，抚着儿女的肩背；小姐弟俩也多想爹爹在身边，一手一个搂着他俩。可是他们都不能做到，他们被遥远的空间隔断了。

唐人孟棨《本事诗》载：李白自幼好酒……又于任城县构酒楼，日与同志荒宴其上，少有醒时。邑人皆以白名重，望其重而加敬焉。

李白诗中写的"酒楼"应该就是这座酒楼，应该是李白离开长安回任城时，手中有钱，建了（或从别人手中购买了）这座酒楼。这是他与朋友日常喝酒的地方，也是他的家人的居所。

从李白诗中看，这座楼不太高，是座普通居民楼。

李白喜欢把与酒有关的事物以酒命名。他隐居安陆，称之为"酒隐安陆"；他在船上载酒拜访贺知章，称之为"酒船"；家住的这座楼，因经常在上面喝酒，他称之为"酒楼"，而不一定是对外营业的酒楼。

李白不是不爱他的孩子，只是像他这样的寒门子弟或是像杜甫这样的没落名门子弟，要么在家中守着妻儿，一生寒微，一世困顿，要么就要出去广交朋友，积累人脉，他们的妻儿只好承受别离之苦。唐人并不把这痛苦当成一回事,那些经商的、驾船的、拉纤的、当雇工的,不都是与家人长别离?

谋生,谁也不易。

在物资匮乏的时代,人们无法注重情感上的需求。

还因李白身体里住着一个叫作"天才"的怪物,那也是他的孩子。李白永远孕育着他,永远分娩不出来。这刺痛着李白,折磨着他,分散了他在一双儿女身上的注意力。

炎夏,李白好友萧三十一要回鲁中,途经李白安家的任城。李白写诗《送萧三十一之鲁中,兼问稚子伯禽》送别,并拜托萧三十一回去以后,代他去看看他的儿子伯禽。

> 六月南风吹白沙,吴牛喘月气成霞。
> 水国郁蒸不可处,时炎道远无行车。
> 夫子如何涉江路?云帆嫋嫋金陵去。
> 高堂倚门望伯鱼,鲁中正是趋庭处。
> 我家寄在沙丘傍,三年不归空断肠。
> 君行既识伯禽子,应驾小车骑白羊。

"应驾小车骑白羊",非常有画面感,非常有童趣。

也许某个时候,李白看到一个小男孩儿驾着白羊拉的小车,欢快地从他眼前奔过,小孩子与伯禽年龄差不多,让他倏然想起儿子：我儿伯禽也到这个年龄了，他是不是也驾着白羊拉的小车在路上奔跑？

天宝九载（750年），李白抑制不住他对一双儿女的思念，回到了家乡东鲁。

儿女看到爹爹回来，自是喜出望外。

老友听闻李白归来，纷纷邀请李白宴饮，李白又回到东鲁社交圈，与新朋旧友迎来送往。

李白享受了一段时间的天伦之乐，听说他的好友元丹丘到石门山修行去了，就想去拜访元丹丘。金陵归来，李白的名利之心淡了，他想跟随元丹丘到山中隐居，自此不问世事，专心炼丹药，追求生命的无极。

这次回家，儿女已经长大，平阳长成一个亭亭玉立的少女，伯禽也长高了许多。唐人早婚，儿女快到婚嫁的年龄了，他总得尽到父亲的职责，把女儿嫁出去，给儿子娶上媳妇，才能入山隐居吧。

李白在诗中写道："久欲入名山，婚娶殊未毕。人生信多故，世事岂惟一。念此忧如焚，怅然若有失。"（《闻丹丘子于城北营石门幽居，中有高凤遗迹，仆离群远怀，亦有栖遁之志，因叙旧以寄之》）

秋天，李白启程去拜访元丹丘。他来到嵩山元丹丘居所，元丹丘不在，李白只好题诗《题嵩山逸人元丹丘山居》后离开。李白在诗里说，他的妻子与女儿都喜欢道教，"拙妻好乘鸾，娇女爱飞鹤",他想搬来与元丹丘同居,"提携访神仙,从此炼金药"。

离开嵩山后,李白前往石门山。

元丹丘隐居的石门山位于河南叶县,"叶公好龙"的故事就发生在这里。东汉名士高凤曾经隐居在这里。高凤是东汉名儒,一生勤学不辍,太守慕其名,屡次召他出来做官。他故意跟他的寡嫂争田产、打官司,弄得自己声名狼藉,避免出来做官。

李白在石门山上转来转去,转了三四个山头,只见古松参天高,清泉石上流。月亮升起来了,他还没见到元丹丘。

元丹丘从山上看到李白,大声向李白呼喊,李白也大声回应,两人的笑声在山谷里回荡。

老友相见,有说不完的话,一直聊到天亮,李白才依依不舍地离开。

李白没有回家,而是住在一个炼药院里修道。某天他拿起镜子一照,发现镜中的自己长出了些许白发。李白喟叹良久,忆初昔与元丹丘相识时,他还是一个毛头小伙子,仿佛一瞬,他就面容沧桑,鬓边白发生。

李白用镊子拔了几根白发,赠给元丹丘。

李白在诗《秋日炼药院镊白发,赠元六兄林宗》中回顾与元丹丘三十年同甘共苦的友情:"投分三十载,荣枯同所欢。长吁望青云,镊白坐相看。"

李白在给元丹丘的诗中提到的"拙妻",应是他的第二位夫人宗氏。

李白与宗氏相识,有一段浪漫的故事。那年李白离开长安,在大梁游玩。大梁是汉景帝的弟弟梁王刘武的封地,也是战国四公子之一信陵君的故地,留存着很多梁王与信陵君的遗迹。

李白诗兴大发,在一处寺院的墙壁上写了一首《梁园吟》。

我浮黄河去京阙,挂席欲进波连山。
天长水阔厌远涉,访古始及平台间。
平台为客忧思多,对酒遂作梁园歌。
却忆蓬池阮公咏,因吟渌水扬洪波。
洪波浩荡迷旧国,路远西归安可得?
人生达命岂暇愁,且饮美酒登高楼。
平头奴子摇大扇,五月不热疑清秋。
玉盘杨梅为君设,吴盐如花皎白雪。
持盐把酒但饮之,莫学夷齐事高洁。
昔人豪贵信陵君,今人耕种信陵坟。
荒城虚照碧山月,古木尽入苍梧云。
梁王宫阙今安在?枚马先归不相待。
舞影歌声散绿池,空馀汴水东流海。
沉吟此事泪满衣,黄金买醉未能归。

连呼五白行六博，分曹赌酒酣驰辉。

歌且谣，意方远。

东山高卧时起来，欲济苍生未应晚。

    寺僧不了解李白诗歌的价值，看到李白在一面白墙上写满了字，找了块抹布要把墙上的字擦去。这时，一位小姐带着丫鬟路过，她读了读墙上的诗，大惊，跟寺僧说："你不要擦，我用一千两银子买你这块墙壁。"寺僧乐颠颠地同意了。

    这位小姐，是武则天时期的宰相宗楚客的孙女。

    宗楚客是武则天堂姐的儿子，"伟岸白净，明达聪慧"。宗楚客还是一位诗人，很有才华，也很有野心。武则天和唐中宗时期，他三次出任宰相，心中还不满足，私下跟人说："我地位卑微的时候，盼望有一天当上宰相，如今当上宰相，我又想当皇上，哪怕当一天过过瘾也好。"宗楚客因为依附韦皇后，在唐隆政变中被杀。

    宗楚客死后，他的家人远离政治中心，搬到梁园居住。

    宗小姐遗传了祖父的才华，对诗歌非常热爱。虽然千金买壁的故事未必真实，但是她因仰慕李白的才华，自愿嫁给年已五十的李白，应该是真的。

    《柳亭诗话》记载着一个故事。

李白尝作《长相思》乐府一章，末曰："不信妾肠断，归来看取明镜前。"其妇从旁观之曰："君不闻武后诗乎？'不信比来常下泪，开箱验取石榴裙。'"太白爽然自失，此即所谓相门女也。具此才情，故当与寻真、腾空为侣，第不知娇女平阳，能继林下风否？

李白的《长相思》结尾两句诗是"不信妾肠断，归来看取明镜前"，他的妻子从旁边看到了，跟他说："您没听说武后诗'不信比来常下泪，开箱验取石榴裙'吗？"

很多人以为这位李白之妻是李白第一位夫人许氏，实际上应该是宗氏。宗氏是武则天亲戚，才会记得武则天的诗句；许氏家族受到武则天迫害，许氏不可能会记住武则天的诗句。许氏与李白的婚事是父母包办，宗氏与李白的婚姻是自由恋爱的结果。

宗氏跟盛唐时期很多上流社会的女性一样，爱好道教，与李林甫女儿李腾空等人是道友。

只是《柳亭诗话》评论的时候弄混了，平阳是李白前妻之女，并非宗氏所生。

这是李白的最后一次婚姻，他遇到了一位心灵伴侣。

北上幽州，南下宣州

这些年，李白脚步不停地在外面走。

他的主要活动范围在江汉、吴越、东鲁、两京等地，更南的南方，他没有去；更北的北方，他只去过一次，那是他第一次去长安时，在洛阳结识元演，两人翻越太行，向北走到了雁门关。

天宝十载（751年）秋末，李白收到友人何昌浩邀请，请他到幽州入幕。李白的心怦然而动。

盛唐文人，往往文武兼备，科举之路走不通，很多文人就投身幕府，争取边关立功。

高适、岑参这两位边塞诗人，也不是生来就写边塞诗。他们一个投身于大将高仙芝幕府，一个投身于大将哥舒翰幕府，皆任掌书记。他们长年行走于大唐王朝的边疆，眼中所见尽是戈壁荒漠、狂风飞雪，笔下景物自然如此，就成了边塞诗人。

李白的友人何昌浩投身于范阳节度使安禄山幕府，任判官。判官是节度使的副职，权势很重，比掌书记高几个级别。

李白收到何昌浩的信,顿生投笔从戎之心,他回诗《赠何七判官昌浩》,表示自己很愿意接受他的邀请。

> 有时忽惆怅,匡坐至夜分。
> 平明空啸咤,思欲解世纷。
> 心随长风去,吹散万里云。
> 羞作济南生,九十诵古文。
> 不然拂剑起,沙漠收奇勋。
> 老死阡陌间,何因扬清芬。
> 夫子今管乐,英才冠三军。
> 终与同出处,岂将沮溺群。

李白说:"我心里时常很惆怅,经常晚上坐到半夜,早上醒来仰天长啸。我不想像济南伏生那样九十岁还在读古文,我也不想默默无闻老死于阡陌之间,我要像你何判官一样纵横边关,建功立业。"

李白骑上他的黑鬃白马,豪情满怀地踏上了北上幽州之路。

李白走到广平,拜访了几位友人,友人置酒欢送。李白喝得醉醺醺的,骑上马,一气跑了六十里,到了邯郸城。李白登上城头,逛了一圈,写了篇《自广平乘醉走马六十里至邯郸登城楼览古书怀》。邯郸地方官听说大名鼎鼎的李翰林路过邯郸,于是在洪波台置酒,一边宴请李白,一边看官兵操练。

李白又写了篇《登邯郸洪波台置酒观发兵》,他说:"越中虽好,却留不住我的心,我要去燕然山勒石立功了。"

李白走到北平,去拜访朋友于逖、裴十三。

裴十三对李白的幽州之行很担忧。这几年,唐朝边关战事连绵,唐朝军队常吃败仗。杨国忠派兵讨伐南诏失败,士卒死亡几万人;高仙芝与大食作战失利,两万士兵死亡将尽;安禄山讨伐契丹,奚族复叛,与契丹夹击唐军,数万唐军死伤将尽。

裴十三劝李白:"你此去如同入龙潭虎穴,怕是凶多吉少。"临别之时,他想到以后有可能见不到李白,不由洒了一把热泪。李白不以为然,他在赠于逖、裴十三的诗《留别于十一兄逖、裴十三游塞垣》中说:"且探虎穴向沙漠,鸣鞭走马凌黄河。耻作易水别,临歧泪滂沱。"

别后李白策马扬鞭,奔向前程。十月,李白到达幽州。

....

十月到幽州,戈鋋若罗星。

君王弃北海,扫地借长鲸。

呼吸走百川,燕然可摧倾。

心知不得语,却欲栖蓬瀛。

弯弧惧天狼,挟矢不敢张。

> 揽涕黄金台，呼天哭昭王。
>
> 无人贵骏骨，䮉耳空腾骧。
>
> 乐毅倘再生，于今亦奔亡。
>
> ············

这是安史之乱以后，李白写的《经乱离后，天恩流夜郎，忆旧游书怀赠江夏韦太守良宰》，描绘他在幽州的见闻。

李白在诗中美化自己，说他目睹安禄山的嚣张气焰，痛心疾首，在登上黄金台时，流着眼泪呼天痛哭。

实际上李白刚到达幽州时，看到边城男儿不用读书识字，整天骑着骏马，架着雄鹰，尽情游猎，心中非常羡慕，觉得这种生活比儒生在书斋里读书好多了。他遗憾自己没有早点来享受这自由自在的生活，在诗《行行游且猎篇》中感叹："儒生不及游侠人，白首下帷复何益。"

李白还写过《出自蓟北门行》《幽州胡马客歌》等富有边塞风情的诗歌，前者写边关将领排兵布阵与敌作战，后者写骁勇善战的北地男儿杀敌立功。

李白写这些诗的时候是天宝十一载（752年），距离安禄山叛乱还有三年。

李白不是个有政治远见的人，要说他在这时识破安禄山反心，那是自我标榜。不过，李白有着一位伟大诗人的敏感与良心。他看到安禄山不停地招兵买马,看到士卒在冰雪严寒之中巡逻操练,看到战死士卒们的妻儿老小陷入无边悲痛,他的心沉重起来。

> ……………
> 燕山雪花大如席,片片吹落轩辕台。
> 幽州思妇十二月,停歌罢笑双蛾摧。
> 倚门望行人,念君长城苦寒良可哀。
> 别时提剑救边去,遗此虎纹金鞞靫。
> 中有一双白羽箭,蜘蛛结网生尘埃。
> 箭空在,人今战死不复回。
> 不忍见此物,焚之已成灰。
> 黄河捧土尚可塞,北风雨雪恨难裁。

李白的这首《北风行》写的是一位戍守长城的边关将士,临行前送给妻子一个绣着金线虎文的箭袋和一支白羽箭,直到箭袋上挂满蛛网,丈夫仍然杳无消息。丈夫战死疆场,永远回不来了,妻子不忍心看丈夫的遗物,忍痛把它烧为灰烬。

李白心里越来越不安,他投笔从戎,建功立业的梦想破灭了。

天宝十二载春天,李白离开幽州。

李白去梁园看了看宗夫人，又回任城家中看了看孩子，之后便纵马向南方走去。

途中，李白经过曹南（今山东菏泽），曹南官员置酒接待，李白写了首《留别曹南群官之江南》，告诉曹南官员，他要到江南去了。

路上，李白怀着悲愤心情写了一首《远别离》。

远别离，古有皇、英之二女，乃在洞庭之南，潇湘之浦。
海水直下万里深，谁人不言此离苦。
日惨惨兮云冥冥，猩猩啼烟兮鬼啸雨。
我纵言之将何补？皇穹窃恐不照余之忠诚。
雷凭凭兮欲吼怒，尧、舜当之亦禅禹。
君失臣兮龙为鱼，权归臣兮鼠变虎。
或言尧幽囚，舜野死，
九疑联绵皆相似，重瞳孤坟竟何是。
帝子泣兮绿云间，随风波兮去无还。
恸哭兮远望，见苍梧之深山。
苍梧山崩湘水绝，竹上之泪乃可灭。

《远别离》也是乐府旧题，前人写过很多次，但对李白来说，无论前人写过多少次，他总能写出新意。李白没写之前，没有任何人会想到,《远别离》还可以这样写。

此诗长短句错落,语言夸张,思维跳跃,想象力无边无际,读起来有点像屈原的《离骚》,前人评曰"此篇最有楚人风";前人又曰:"其词闪幻可骇,增奇险之趣,盖体干于楚骚,而韵调于汉铙歌诸曲。"李白在屈原的离骚体中,化入汉代铙歌,形成一种似离骚又非离骚的特殊风韵。

娥皇、女英,均是尧之女、舜之妃。舜南巡而死,葬于苍梧,娥皇、女英追到湘水边,泪水洒在斑竹上,斑竹成为湘妃竹。二女泪尽而死,成为屈原《九歌》中的女神湘夫人。

关于二妃及其家人,既有美好的传说,又有残忍的传说。美好的传说是,尧见舜忠诚孝谨,主动禅位于舜;残忍的传说是,尧年老,被舜囚禁。

李白借"尧幽囚,舜野死"暗喻唐玄宗放权于奸臣,致使朝政混乱,民不聊生。李白急得五内如焚,却无由上达天听,只好借诗寄情。

李白应宣州长史李昭邀请,来到安徽宣城,居住在敬亭山下。

敬亭山原名昭亭山,西晋初年为避司马昭之讳,改名为敬亭山。敬亭山在宣城之北,是黄山之支脉,山势绵延,远看如猛虎伏卧,山间树木幽深,泉水淙淙,是一座景色秀美的小山。南朝诗人谢朓在《游敬亭山诗》中写山中景色:"兹山亘百里,合沓与云齐。隐沦既已托,灵异居然栖。上干蔽白日,下属带回溪。交藤荒且蔓,樛枝耸复低。独鹤方朝唳,饥鼯此夜啼。……"

李白在敬亭山下居住,有缅怀追寻自己的文学偶像之意。

李白来到敬亭山的时候,正值秋天,风清气爽,天高云淡。

李白经常久久地坐在山下的岩石上,望着远方青黛色的敬亭山,敬亭山好像也在含情脉脉地望着他,直到暮色将至,天上的鸟都飞到林间栖息,一片白云在空中荡悠悠地去远了。

众鸟高飞尽,孤云独去闲。

相看两不厌,只有敬亭山。

从这首《独坐敬亭山》中可以感受到,这静谧的大自然的山水,抚平了李白心中的伤痛。

李白写信给他的好友崔成甫:"我家敬亭下,辄继谢公作。"(《游敬亭寄崔侍御》)

宣州城北,有一座楼阁,名谢朓楼,是南朝诗人谢朓担任宣城太守时所建。有时,李白会一个人登上谢朓楼,看着楼下明镜般的溪水,凋零的梧桐树。他用他的诗《秋登宣城谢朓北楼》,静静地怀念他的文学偶像谢朓。

江城如画里,山晚望晴空。

两水夹明镜，双桥落彩虹。
　　人烟寒橘柚，秋色老梧桐。
　　谁念北楼上，临风怀谢公。

　　有时候，李白想到自己已经五十三岁，到长安见过天子，没有得到重用；欲投笔从戎，又失望而归，心中愤愤不平。

　　这天，李白与友人在谢朓楼送别校书李云，李白情绪激动，即兴赋《宣州谢朓楼饯别校书叔云》一首。

　　弃我去者，昨日之日不可留；
　　乱我心者，今日之日多烦忧。
　　长风万里送秋雁，对此可以酣高楼。
　　蓬莱文章建安骨，中间小谢又清发。
　　俱怀逸兴壮思飞，欲上青天览明月。
　　抽刀断水水更流，举杯销愁愁更愁。
　　人生在世不称意，明朝散发弄扁舟。

　　转眼又是一年，李白五十四岁了。
　　春天，李白是在金陵度过的；五月，李白去了广陵。在扬州，李白遇上了他的超级粉丝魏万。
　　魏万后来改名为魏颢，他在王屋山隐居，号王屋山人。魏万平生自负,唯对李白崇拜得五体投地。为了见偶像一面,他千里迢迢,从王屋山追到浙江天台山。人们告诉他,李白已经走了,他就继续追,历时半年,行程数千里,终于在广陵见到李白。

魏万激动地向李白呈上他写的长诗《金陵酬李翰林谪仙子》。

李白与魏万一见如故,两人一起游山玩水。临别之时,李白赠给魏万一首长诗《送王屋山人魏万还王屋》;他还把自己的诗文拿出来交给魏万,让魏万编纂成集。

李白认为魏万是个有大才之人,将来必有发迹的一天,希望魏万将来发迹了,不要忘记提携他的儿子伯禽。

我们要感谢魏万,正是他疯狂的追星行为,给我们留下了关于李白的第一手材料。通过他的叙述,我们才知道李白的外貌与家庭情况;也是通过他的叙述,我们才知道李白的女儿李平阳结婚不久就去世了。

由于长年漂泊在外,李白可能没见上女儿最后一面。五年前,李白还在金陵想一双儿女想得归心似箭,还在设想娇女平阳在桃树下折花,想爹爹想得直落泪;仅仅几年,她就结婚、病亡,仓促结束了一生。

李白在扬州期间,听说他在长安翰林院认识的日本人晁衡在回国途中遇难。李白非常难过,写了首《哭晁卿衡》。

> 日本晁卿辞帝都，征帆一片绕蓬壶。
> 明月不归沉碧海，白云愁色满苍梧。

晁衡原名阿倍仲麻吕，是奈良时代日本向中国派遣的留学生。晁衡博学多才，开元年间考中进士。当年李白在长安翰林院与晁衡相识，结下深厚友谊。天宝十二载（753年），晁衡因父母年老，思念故土，辞别长安，随日本遣唐使团的船队回日本，临行，王维等人都写诗相赠。

晁衡的船队在回国途中遭遇风暴，船队覆没。

由于信息不通，李白以为晁衡遇难。实际上晁衡乘坐的船只是漂流到了安南（今越南），后来晁衡历尽艰辛回到长安，老死在中国。

晁衡回到长安以后，从友人那里辗转读到了李白的《哭晁卿衡》。晁衡很感动，写诗《望乡》一首："卅年长安住，归不到蓬壶。一片望乡情，尽付水天处。魂兮归来了，感君痛苦吾。我更为君哭，不得长安住。"

晁衡说："李白，你为我哭，我也要哭你！我还能在长安居住，你呢？偌大个长安城，竟然容不下你。"

可惜，李白写给晁衡的诗，晁衡看到了；晁衡写给李白的诗，李白没看到。

· 第六章 ·

当涂：诗仙生命的归处

渔阳鼙鼓动地来

李白与魏万分手以后，南下渡过长江，来到长江南岸的南陵、秋浦（今安徽池州贵池）、清溪、青阳、泾县等地，登上黄山、九华山。冬天的时候，李白来到了湖南常德。

在南陵，李白在常赞府陪同下，登上南陵有名的五松山。赞府是唐代官名，相当于以前的县丞，是县令的副手。五松山在南陵城南，山上旧有一株古松，此松一干五枝，老干苍劲，翠色参天，故名。

李白经常与常赞府议论时事。李白对朝政混乱非常愤怒，在写给常赞府的诗《书怀赠南陵常赞府》中怒斥杨国忠发动的祸国殃民的南诏战争。

云南五月中，频丧渡泸师。
毒草杀汉马，张兵夺秦旗。

> 至今西二河，流血拥僵尸。
> 将无七擒略，鲁女惜园葵。
> 咸阳天下枢，累岁人不足。
> ……………

李白愤愤地说，唐朝军队在云南五月的战争中损兵折将，将士们的尸体把西二河都堵塞了。这些无能将领还不如鲁女有见识。京城长安是天下政治中枢，本来应该重兵把守，现在让杨国忠弄得兵力空虚，守卫长安的兵力都不够。

李白都知道把长安的兵力抽走很危险，唐玄宗这样老牌的政治家却不知道？

唐玄宗被他的爱情困住了。

以唐玄宗之英明睿智，察知杨国忠之奸邪并不难。他不是不能察知，而是不愿相信。如果杨国忠是个奸人，他就要重新寻找一位宰相，要想选拔一位合格的宰相，需要长期的考察，通盘的考虑，现在的唐玄宗，一心享乐，他不想费这样的精力了。

唐玄宗虽然希望他的宰相是忠臣，但是真正的忠臣，已经不讨他欢心。真正的忠臣，看到帝王疏于朝政，一定会再三劝谏，唐玄宗就不能享受迟暮的人生乐趣。唐玄宗只能自我麻痹，让自己相信他爱妃的堂兄是个忠臣，可以放心地把江山托付给他。这既能博美人欢心，又不耽误他在深宫享乐，两全其美。

一个人如果自欺欺人,那谁也解救不了。

在秋浦,李白留下很多诗歌。

秋浦在唐代是重要的铜、银产地,李白一生三游秋浦,留下七十多首诗,最有名的是《秋浦歌十七首》。

《秋浦歌十七首·其十三》写秋浦采菱女。

渌水净素月,月明白鹭飞。
郎听采菱女,一道夜歌归。

《秋浦歌十七首·其十四》写秋浦冶炼工人。

炉火照天地,红星乱紫烟。
赧郎明月夜,歌曲动寒川。

《秋浦歌十七首·其十六》写秋浦渔翁夫妇。

秋浦田舍翁,采鱼水中宿。
妻子张白鹇,结罝映深竹。

《秋浦歌十七首·其十五》写李白自己。

> 白发三千丈，缘愁似个长。
> 不知明镜里，何处得秋霜。

李白梳头的时候揽镜自照，看到半白的头发像瀑布一样流泻而下，他的年少时光到哪里去了？他"寰区大定，海县清一"的梦想什么时候能实现？

虽说一醉解千愁，清醒的时候，未竟的梦想总像蚂蚁一样噬咬着他的心，让他感觉到生命中残缺的痛。

在安徽泾县，有一位李白的粉丝，名叫汪伦。他听说李翰林在附近游玩，连忙备下美酒，邀请李白到他家乡附近的桃花潭一游。

汪伦陪同李白在桃花潭游玩了几天后，李白辞别汪伦，登上小舟，将要离开。忽然他看到汪伦带着一群乡民赶来，他们在岸上手拉着手，用脚踏着地，跳着唐代民间盛行的踏歌给李白送行。这个欢乐场面让李白非常感动，他索笔墨，写了首《赠汪伦》，答谢汪伦的盛情。

> 李白乘舟将欲行，忽闻岸上踏歌声。
> 桃花潭水深千尺，不及汪伦送我情。

宋本《李太白文集》此诗题下有注曰："白游泾县桃花河

潭，村人汪伦常酝美酒以待白，伦之裔孙至今宝其诗。"人们据此以为他是一位居住在桃花潭的村民。近来，有学者通过对汪氏宗谱的研究，发现汪伦是唐玄宗时期的一位名人，与李白、王维都有诗文往来。他曾经担任泾县县令，卸任后在泾县居住。

据说汪伦送给李白一份厚礼，名马八匹，官锦十端。

唐代人追诗仙，跟现代人追星一样不惜血本。李白这些年在外面吃喝玩乐，悠然自得，就是粉丝给他提供的资本。

李白写有《过汪氏别业二首》，王琦认为，诗中的汪氏就是汪伦。从诗中来看，汪氏是一位富翁，家中有一座很有规模的假山园林；他杀猪宰羊，盛情款待李白。

有钱又爱追星的汪伦，送给李白一份厚礼很有可能。

李白经常收到粉丝赠送的贵重礼物。李白在当涂的时候，有位名叫殷明佐的官员赠给李白一件珍贵的五云裘，李白高兴地写了首《酬殷明佐见赠五云裘歌》。

> 我吟谢朓诗上语，朔风飒飒吹飞雨。
> 谢朓已没青山空，后来继之有殷公。
> 粉图珍裘五云色，晔如晴天散彩虹。
> 文章彪炳光陆离，应是素娥玉女之所为。
> 轻如松花落金粉，浓似苔锦含碧滋。

远山积翠横海岛，残霞飞丹映江草。
凝毫采掇花露容，几年功成夺天造。
故人赠我我不违，著令山水含清晖。
顿惊谢康乐，诗兴生我衣。
襟前林壑敛暝色，袖上云霞收夕霏。
群仙长叹惊此物，千崖万岭相萦郁。
身骑白鹿行飘飖，手翳紫芝笑披拂。
相如不足夸鹔鹴，王恭鹤氅安可方。
瑶台雪花数千点，片片吹落春风香。
为君持此凌苍苍，上朝三十六玉皇。
下窥夫子不可及，矫首相思空断肠。

一件珍贵的五云裘换一首诗，我们可能觉得亏，但人家会觉得太值了。这可是李谪仙的诗，拿出去给人看，比披一件五云裘光彩多了。

李白这首诗也是一首神作，一件裘衣，让别人写，挖空心思凑一首二十来字的律诗就不错了，李白洋洋洒洒写了二三百字。写到"故人赠我我不违，著令山水含清晖"，就让人叹为观止了，谁知他又写了一百多字。

汪伦带领乡民踏歌欢送李白，给李白一个意外惊喜；李白临别之时赠汪伦诗一首，也让汪伦惊喜不已。早在唐代，这首诗已经广为流传。明朝唐汝询在《唐诗解》中评价说:"太白于景切情真处信手拈出,所以调绝千古。"清朝沈德潜在《唐诗别裁》中评价说:"若说汪伦之情比于潭水千尺,便是凡语,妙境只在一转换间。"

诗歌的意境就是这样妙,若说"汪伦送我之深情,堪比桃花潭水深千尺"就是平常之语,转换语序,就是千古妙笔。

汪伦生前一直珍藏着李白手迹,直到宋代,他的儿孙仍然视此诗为珍宝。汪伦就凭着这一首诗,千古留名,至今老幼妇孺皆知唐代有个汪伦。

光阴易逝,转瞬之间,天宝十三载(754年)已经过去。

天宝十四载(755年),李白五十五岁。

李白仍然在江南走走玩玩。秋天,他又一次来到秋浦。他接到妻子宗氏从梁园寄来的书信。李白与宗氏结婚五年了,两人聚少离多,他们是生活中的夫妻,更是精神上的伴侣。

因为信息不够通畅,宗氏只能在客人路过梁园时,请他们给李白捎去一封书信。李白收到夫人的信,心里很感动,给夫人回《秋浦寄内》一首。

我今寻阳去,辞家千里余。
结荷倦水宿,却寄大雷书。
虽不同辛苦,怆离各自居。

> 我自入秋浦，三年北信疏。
> 红颜愁落尽，白发不能除。
> 有客自梁苑，手携五色鱼。
> 开鱼得锦字，归问我何如？
> 江山虽道阻，意合不为殊。

李白虽然很想念宗氏，但是仍然按照自己的既定计划去了寻阳。

冬天，李白返回宣城，然后去金陵。

李白知晓这些年朝政混乱、政局动荡，但没想到这么快就会恶化。

天宝十四载十一月，安禄山以讨伐杨国忠为名，举起反叛大旗。唐朝内地防守空虚，李白这样的文人都知道，安禄山如何不知？

安禄山的母亲是一名突厥巫师，安禄山从小在突厥部族长大，凶狠善斗。在唐玄宗面前，他伪装得像个单纯的孩子；拜杨贵妃为干娘，经常在杨贵妃面前装孝子。获得唐玄宗与杨贵妃信任的安禄山身兼平卢、范阳、河东三镇节度使，领兵十九万，约占全国兵力的三分之一；其他几位节度使领全国总兵力的二分之一；唐朝中央政府能够控制的兵力不过十二万人。杨国忠连年发动对南诏的战争，损兵折将，让内地防守更加空虚。

安禄山暗中招兵买马，积蓄粮草，把他的人马扩充到二十多万。他在京城中安插耳目，朝廷中的风吹草动，都有人飞马加鞭报告给他。他虽在千里之外，但对朝廷的动向了如指掌。

有人把安禄山要谋反的消息报告给唐玄宗，唐玄宗为了表示对安禄山的信任，竟然把报告之人交给安禄山处置。

原先李林甫为相时，对安禄山恩威并施，安禄山深知李林甫阴险狡诈有计谋，对他畏之如虎，不敢轻举妄动。天宝十一载，李林甫病死，杨贵妃堂兄杨国忠继任宰相。杨国忠不学无术，靠裙带关系当上宰相，安禄山非常瞧不起杨国忠，两人关系紧张。

杨国忠多次跟唐玄宗说安禄山要造反，这并不是他有先见之明，而是他与安禄山不睦，欲置安禄山于死地。安禄山势力大到可以威胁中央政权，唐玄宗也是清楚的，但是，如果他的干儿子安禄山都不忠诚，那还有谁是可以信任的呢？

唐玄宗极力拉拢安禄山，在长安城给安禄山修建豪华宅第；让安禄山长子安庆宗娶宗室女荣义郡主为妻，留在长安，充当人质。

唐玄宗的怀疑让安禄山心中很不安。

皇帝怀疑他，宰相与他为敌，安禄山知道他绝不能放弃军权，否则性命难保。杨国忠怕安禄山势力壮大对他不利，派人包围安禄山在京城的宅第，搜查安禄山造反的证据，把安禄山的门客李超等人送到御史台绞死。

杨国忠的私心加快了安禄山造反作乱的步伐。

天宝十四载十一月,安禄山发兵十五万,以讨伐杨国忠为名,发动叛乱。

唐朝立国一百多年以来,虽然边境上战事不断,但是内地一直平安无事,人们都不知打仗是怎么回事了。唐朝军队仓促应战,根本无力应对安禄山的进攻,安禄山军队势如破竹,仅一个多月就占领了东都洛阳。

洛阳是唐王朝的第二首都,武则天时一度上升为首都,城中有华丽宫殿,百官署衙。安禄山顾不上起兵时讨伐杨国忠的口号,在洛阳自立为大燕皇帝。

闻听安禄山叛乱的消息,李白连忙北上,到梁园去接上他的妻子宗氏。他们被逃难的人群裹挟着西去,到华山避难。

李白的门人武谔担心李白的安全,只身骑白马赶来寻找李白;听说李白的儿子还在东鲁,他主动请求去东鲁把李白的儿子伯禽给带出来。

李白写诗《赠武十七谔》表达感激之情。

马如一匹练,明日过吴门。
乃是要离客,西来欲报恩。
笑开燕匕首,拂拭竟无言。

狄犬吠清洛，天津成塞垣。

爱子隔东鲁，空悲断肠猿。

林回弃白璧，千里阻同奔。

君为我致之，轻费涉淮原。

精诚合天道，不愧远游魂。

他的一双儿女，娇女平阳已不在，仅余伯禽。身为父亲的李白，无时无刻不在挂念着爱子的安危。

为君谈笑静胡沙

逃亡途中,李白写有《北上行》《西岳莲花山》《奔亡道中五首》等诗歌。

《北上行》是李白仿曹操《苦寒行》而作,他写难民们:"惨戚冰雪里,悲号绝中肠。尺布不掩体,皮肤剧枯桑。汲水涧谷阻,采薪陇坂长。"看到他们的悲惨处境,李白"叹此北上苦,停骖为之伤",只能盼望"何日王道平,开颜睹天光"。

莲花山是华山最高峰,李白诗《西岳莲花山》,初看是游仙诗的形式,前十句写李白在仙女引导下凌空而行;后四句急转直下,写李白俯视地面,看到安禄山的军队占领洛阳,"流血涂野草,豺狼尽冠缨"。这种大跨度的跳跃,正是李白诗歌的特色。

《奔亡道中五首》是李白逃亡途中的组诗作品。

苏武天山上，田横海岛边。
万重关塞断，何日是归年？

——《奔亡道中五首·其一》

亭伯去安在？李陵降未归。
愁容变海色，短服改胡衣。

——《奔亡道中五首·其二》

谈笑三军却，交游七贵疏。
仍留一只箭，未射鲁连书。

——《奔亡道中五首·其三》

函谷如玉关，几时可生还？
洛阳为易水，嵩岳是燕山。
俗变羌胡语，人多沙塞颜。
申包惟恸哭，七日鬓毛斑。

——《奔亡道中五首·其四》

森森望湖水，青青芦叶齐。
归心落何处，日没大江西。
歇马傍春草，欲行远道迷。

谁忍子规鸟，连声向我啼。

——《奔亡道中五首·其五》

  这几首诗很有意思，不是艺术性有多高，而是我们从中可以窥知李白的心情。李白的心里有只不死鸟，那就是他的天才。他学东西太快，别人啃半辈子啃不动的书，他轻而易举就熟记于心。这让他觉得，他只写诗是不够的，他还有很多才能没有释放出来。"济苍生，安黎元"，这才是他的终极梦想。

  平民百姓出身的李白，没有政治经验。他以为他的理念落到现实中，都会开出花来，殊不知理想落到现实中，如同种子落到泥土中，只有很小一部分可以萌芽，大部分在黑暗泥土里腐烂了。

  他以为他的理念之所以没开花，是因为没有一片合适的泥土，殊不知更重要的原因在于，唐代是一个特别讲究门第的时代，李白的门第背景模糊不清，他拿不出他是陇西李氏的证据，那他就只是一个名义上的士族，但实际上却是庶民。只有实现"济苍生，安黎元"的梦想，他才离士族更近一步。

  李白的两次婚姻都是半入赘性质，是他蹭女方的名门身份，而不是别人傍他的身份，这对以天才自居的李白来说，怎么说都是遗憾的。

  李白的这组诗中，出现一连串人名：苏武、田横、崔骃、李陵、鲁仲连、申包胥。苏武、田横都是宁死不降；崔骃、李陵是劝谏不成或战事不利只好逃亡。鲁仲连是李白的偶像之一，他用一封绑在箭上的书信，让守城的燕将自杀，齐军收复聊城，鲁仲连不愿受赏，隐居海滨；申包胥是春秋时期的楚国大臣，吴国打败楚国，申包胥跑到秦国，坐在秦城墙外哭了七天七夜，终于感动了秦王，秦国出兵帮助楚国打败吴国后申包胥不愿受赏，隐居山中。

在这个乱纷纷的时代，李白心中的政治梦想复活了，他本可以带着宗氏逃往江南，实际上却带着宗氏向西而去。从这组诗中，我们不难推断他的心情，他想向唐玄宗陈述破敌之计，唐玄宗不答应，他就效仿申包胥哭求。

形势的发展超出李白的预料，唐朝大将高仙芝、封常清先后被安禄山打败，唐玄宗听信宦官谗言，诛杀封常清、高仙芝，唐朝军队军心涣散，长安危在旦夕。

李白只好带着宗氏逃往安徽当涂，从当涂往宣城，从宣城往剡中，从剡中往溧阳。在这里，李白遇上了"饮中八仙"之一的草圣张旭。

李白写有《猛虎行》赠予草圣张旭。

朝作猛虎行，暮作猛虎吟。

肠断非关陇头水，泪下不为雍门琴。

旌旗缤纷两河道，战鼓惊山欲倾倒。
秦人半作燕地囚，胡马翻衔洛阳草。
一输一失关下兵，朝降夕叛幽蓟城。
巨鳌未斩海水动，鱼龙奔走安得宁？
颇似楚汉时，翻覆无定止。
朝过博浪沙，暮入淮阴市。
张良未遇韩信贫，刘项存亡在两臣。
暂到下邳受兵略，来投漂母作主人。
贤哲栖栖古如此，今时亦弃青云士。
有策不敢犯龙鳞，窜身南国避胡尘。
宝书长剑挂高阁，金鞍骏马散故人。
昨日方为宣城客，掣铃交通二千石。
有时六博快壮心，绕床三匝呼一掷。
楚人每道张旭奇，心藏风云世莫知。
三吴邦伯多顾盼，四海雄侠两追随。
萧曹曾作沛中吏，攀龙附凤当有时。
溧阳酒楼三月春，杨花茫茫愁杀人。
胡雏绿眼吹玉笛，吴歌白纻飞梁尘。
丈夫相见且为乐，槌牛挝鼓会众宾。
我从此去钓东海，得鱼笑寄情相亲。

《猛虎行》也是乐府旧题之一，因古辞"饥不从猛虎食，暮不众野雀栖"而得名。前人写过多首《猛虎行》，李白又是借旧题而赋予新意。这首诗一改他这几年诗歌的颓废、愤懑、出世，写得悲壮慷慨，豪情满怀。

李白心中隐隐地以为，他的时代到来了。他却不知，这迟来的机遇如秋天的苹果花，花事灿烂，却结不出果子，徒然消耗生命的能量而已。

天宝十五载（756年）夏天，李白来到越中，听说唐朝大将郭子仪、李光弼收复了河北十余地。这是安禄山叛乱以来唐朝军队打的第一个大胜仗，大大振奋了人心。

李白从越中返回金陵。

然而郭子仪、李光弼的胜仗没能挽回唐朝整体上的败局，安禄山军队攻破唐都长安最后一道屏障潼关，唐朝大将哥舒翰被安禄山俘虏。唐玄宗登上勤政楼，宣布他要御驾亲征，实际上是虚晃一枪。六月十三日凌晨，他带上杨贵妃、杨国忠、杨贵妃的姐姐和家人，以及宫里的嫔妃、公主、皇子皇孙，悄悄打开宫门，向蜀地逃去。

第二天，一部分没有逃走的官员去上朝，发现皇帝不见了，长安城乱作一团。安禄山进入长安，大肆报复，没来得及逃走的唐朝宗室，都被安禄山残忍杀害，平民百姓被杀害的更多。

跟随唐玄宗逃跑的杨贵妃及其家人也没有好结果。他们走了一天，走到马嵬驿（今陕西兴平西），禁军将领陈玄礼发动兵变，杀死杨国忠和杨贵妃的两个姐姐。将士们认为"贼本还在"，围在驿站门口不散，要求杀死杨贵妃以绝后患。

唐玄宗不忍心。杨贵妃是他晚年的快乐源泉，是他的心，他的肺，是皇宫里最美的宠物，失去她，他的人生将寡淡无欢。

但是作为一个发动政变上台的皇帝，唐玄宗心里非常清楚，身份这东西，是有时效性的。坐在皇宫的宝座上，他是皇帝，他想要谁的命就要谁的命；但在这荒郊野岭，在逃亡途中，谁手里有刀谁是大王。当年韦皇后、安乐公主何尝不是大权在握，尊贵无比，还不是被他的士卒给杀死了！

经过一番内心挣扎，唐玄宗挥挥手，让人把杨贵妃带走，缢死在驿站的佛堂里。

多年后，白居易在《长恨歌》中叹道："六军不发无奈何，宛转蛾眉马前死。"

马嵬驿之变以后，太子李亨与唐玄宗分道扬镳，李亨带领一队人马去了灵武，唐玄宗带领一支人马仍旧前往蜀中。

七月初，太子李亨到达灵武；七月十二日，他自立为帝，是为唐肃宗，年号至德，遥尊唐玄宗为太上皇。

唐玄宗接到儿子把他尊为太上皇的消息，心中五味杂陈，只好黯然接受了这个事实。

离开长安仅仅一个月，他的权势、地位与一世美誉统统失去了。

几个月以前，长安城里还是歌舞升平，唐玄宗还在骊山笑吟吟地看杨贵妃歌舞；杨国忠还权势通天，谁升官必须要走他的路子；杨贵妃的兄弟姐妹们在长安城里起楼阁、建豪宅，仆从如云，势焰冲天，王妃公主见到她们，也要避让三分。仅仅过了几个月，他们就身死家灭。来年春天，燕子返回旧宅，只见院中荒草丛生，梁上布满蛛网，显赫一时的主人已不知哪里去了。

乱世里，所有人的命运都被改变了。

王昌龄路过亳州，被亳州刺史闾丘晓杀害。

杜甫把家人寄顿在朋友家，自己去灵武寻找刚刚继位的唐肃宗，路上落入叛军之手，被俘往长安。

王维也被叛军俘虏，送往洛阳。

高适以谏议大夫的身份跟随唐玄宗入蜀，受到重用。

李白闻听唐玄宗逃蜀，觉得金陵也不安全，就带着宗氏隐居到庐山屏风叠。

在庐山，李白的心情又痛苦又失落，没想到他会遭遇这样的乱世。乱世里他不是有所作为，而是避居山中，这更让他心中痛苦。李白给朋友王判官写诗，感叹自己怀才不遇。

李亨在灵武即位时，唐玄宗还不知情，他发布诏令，命太子李亨、永王李璘、盛王李琦、丰王李珙，每人统领几个地方的兵马,平定叛乱。他们可以招兵买马,自行任命五官及以下官员。高适极力阻止,认为诸王势力增长,必会造成内乱。唐玄宗只想早日平叛,平叛以后怎样收拾残局,他顾不上了。

其中,永王李璘任山南、江西、岭南、黔中四道节度使,领江陵大都督,镇守江陵。他统领的地区没有受到战争摧残,赋税丰厚,李璘很快招募起几万人马,声势浩大,成为长江中下游地区的头号实力人物。

李亨闻听弟弟李璘占据东南半壁江山,连忙下令命李璘回到蜀地父亲身边。李璘是唐玄宗第十六子,从小被李亨抚养,两人名为兄弟,情同父子。但李璘尝到了权力的好处,对哥哥的命令置若罔闻,继续招兵买马,网罗人才。

李璘听说大名鼎鼎的李翰林隐居在庐山,派人到庐山邀请他下山。李白本来就有济世之心,永王卑辞厚礼,一请再请,李白被打动了,跟着使者下了山。

这次被永王邀请入幕,李白虽不像以前奉诏入长安时那样狂喜,心里也是很高兴的。在《别内赴征三首》中,我们可以看到,宗氏送他出门,忍着泪水,拉着李白的衣袖问他什么时候回来,李白以开玩笑的口气跟宗氏说:"我会像苏秦那样佩黄金印回来,你可别像苏秦老婆那样嫌弃我,不愿认我。"

王命三征去未还,明朝离别出吴关。

白玉高楼看不见，相思须上望夫山。

——《别内赴征三首·其一》

出门妻子强牵衣，问我西行几日归。
归时倘佩黄金印，莫学苏秦不下机。

——《别内赴征三首·其二》

翡翠为楼金作梯，谁人独宿倚门啼。
夜坐寒灯连晓月，行行泪尽楚关西。

——《别内赴征三首·其三》

  李白又一次怀着"我辈岂是蓬蒿人"的乐观人生信念出门而去。没想到这次等待他的不是"终与安社稷，功成退五湖"，也不是赐金还山，而是牢狱之灾。

  至德元年（756年）十二月，永王带领水军，浩浩荡荡沿长江东下。李白写《永王东巡歌十一首》赞颂永王水军的浩大声势。

永王正月东出师，天子遥分龙虎旗。
楼船一举风波静，江汉翻为雁鹜池。

——《永王东巡歌十一首·其一》

三川北虏乱如麻,四海南奔似永嘉。
但用东山谢安石,为君谈笑静胡沙。

——《永王东巡歌十一首·其二》

雷鼓嘈嘈喧武昌,云旗猎猎过寻阳。
秋毫不犯三吴悦,春日遥看五色光。

——《永王东巡歌十一首·其三》

李白认为永王出师是完全正义的,"天子遥分龙虎旗",是天子唐玄宗授权永王李璘组织军队平叛,他表示自己会像东晋的谢安一样"为君谈笑静胡沙"。

在《在水军宴赠幕府诸侍御》一诗中,李白勉励幕僚们感恩朝廷,不惜为国捐躯:"愿与四座公,静谈金匮篇。齐心戴朝恩,不惜微躯捐。"

在李亨看来,永王李璘的势力壮大是很可怕的事情,因永王占据的荆州和江淮地区是唐朝的经济重心,唐朝抗击叛军的主要财力就来自这里。唐朝大将张巡死守睢阳(今河南商丘),饿到人吃人,也不肯弃城,就是因为睢阳是江淮地区的门户,睢阳失守,江淮地区就不保。

若江淮失陷,叛军沿长江西上占领荆州、益州,唐朝就完蛋了。

江淮与荆州地区如此重要，李亨当然不愿意让这些地方落入他弟弟手中。他是趁他父亲势力衰弱时自立为帝的，父亲制约不了他，只好承认他的帝位。他弟弟坐大，割据江东，或者助他父亲重新得势，很可能会让他帝位不保。

至德元年十二月，李亨任命高适为淮南节度使，来瑱为淮南西道节度使，与江东节度使韦陟一起讨伐李璘，平定叛乱。

至德二年（757年）二月，李璘战败被杀。

流放夜郎

李白回忆他在永王幕中三个来月的光景，真如春梦一场。

如周星驰电影中的那句话"人生的大起大落太快了"，快得像电影中的一个闪回镜头，当事人还没明白过来便已闪过。

至德二年二月，永王李璘在丹阳战败，他的手下作鸟兽散，李白也向南逃去。

李白在南奔途中作诗《南奔书怀》，悲叹："感遇明主恩，颇高祖逖言。过江誓流水，志在清中原。拔剑击前柱，悲歌难重论。"

李白本来以为遇到了明主，能干一番事业，没想到却卷进唐玄宗儿子们争名夺利的斗争之中，稀里糊涂成了逃犯，不由感叹人生有时候实在太荒诞了。

李白沿长江西去，在安庆附近的司空山中隐居下来。

司空山又名司空原，相传战国时期淳于氏隐居于此，淳于氏官居司空，故人称此山为司空山。司空山是一座佛教名山，山势高峻。李白站在山上的瀑布前,看到水花飞溅,从松林中吹过来的风拂到他的身上,又凉爽,又宁静,仿佛千百年来,世界清凉如此,那些喧嚣,那些纷争,从来不曾存在过。

李白心想,既然在尘世里建功立业已不可能,就倾尽财力炼丹修仙,追求生命的无极限吧。

他说:"倾家事金鼎,年貌可长新。所愿得此道,终然保清真。"(《避地司空原言怀》)

李白原想,他在山中住一段时间就没事了,没想到,他还是躲不过追捕。李白在彭泽被捕,被关入浔阳狱中。在狱中,李白呼天吁地写了首《万愤词投魏郎中》。

> 海水渤潏,人罹鲸鲵。
> 蓊胡沙而四塞,始滔天于燕齐。
> 何六龙之浩荡,迁白日于秦西。
> 九土星分,嗷嗷栖栖。南冠君子,呼天而啼。
> 恋高堂而掩泣,泪血地而成泥。
> 狱户春而不草,独幽怨而沉迷。
> 兄九江兮弟三峡,悲羽化之难齐。
> 穆陵关北愁爱子,豫章天南隔老妻。
> 一门骨肉散百草,遇难不复相提携。
> 树榛拔桂,囚鸾宠鸡。

> 舜昔授禹，伯成耕犁。德自此衰，吾将安栖。
> 好我者恤我，不好我者何忍临危而相挤。
> 子胥鸱夷，彭越醢醯。自古豪烈，胡为此繄？
> 苍苍之天，高乎视低。如其听卑，脱我牢狴。
> 倘辨美玉，君收白珪。

李白在诗中先写安史之乱给人民带来的灾难，又写自己家中的悲惨境况。他想念高堂想得泪落成血，他的哥哥在九江，弟弟在三峡，妻子在豫章郡（今江西南昌），儿子在穆陵关北（今山东临沂），一家人四散分离，遇到灾难谁也没有能力救助谁。最后写历史上忠臣们的悲惨遭遇，希望有人能够救他于苦海。

在这首诗里，李白的父母兄弟出现了。

原先我们只知道李白被称为李十二白，不知他的众多兄弟在哪里。现在李白的家人整整齐齐地出现了。李白的哥哥在九江，弟弟在三峡，高堂也还在。

原来，李白这么多年从来没有断绝与他们的联系。

可是，李白遗存到现在的近千首诗歌之中，几乎没有关于他父母兄弟的内容。如果高堂还在，他为什么三十多年没有回去看父母？如果兄弟俱在，他落魄无依之时，为什么宁可去投靠不是很熟悉的朋友，也不去投奔兄弟？

李白的身世，仍是一个解不开的谜团。

李白的儿子已经被他的门人武谔带出来，又如何还在山东？

是真实情况如此，还是李白为了把自己写得悲惨一点夸大其词呢？

李白在狱中还写了《狱中上崔相涣》《系寻阳上崔相涣三首》《上崔相百忧章》等诗文，请朋友崔涣和宋若思搭救他。二人得知李白入狱，都极力营救李白，为李白洗脱罪名。

李白的夫人宗氏是一位磊落有见识的女子，她东奔西走，拜见各府长官，想利用自己家族残存的人脉，把丈夫救出来。

李白对宗夫人非常感激，写下《在寻阳非所寄内》。

闻难知恸哭，行啼入府中。
多君同蔡琰，流泪请曹公。
知登吴章岭，昔与死无分。
崎岖行石道，外折入青云。
相见若悲叹，哀声那可闻！

李白把宗夫人比作东汉才女蔡文姬。蔡文姬本名蔡琰。蔡文姬流落匈奴十九年，被曹操用重金赎回，嫁给董祀。董祀因罪被判处死刑，蔡文姬披散着头发赤脚跑到曹操府外给丈夫求情。曹操深受感动，免除了董祀的死罪。

李白听说他的朋友张秀才要去拜见高适，于是托其给高适带去一首诗《送张秀才谒高中丞》。在诗中,李白赞美高适。

> **高公镇淮海,谈笑却妖氛。**

李白没有明说让高适救他,言下之意却是想让高适救他。但高适没有向李白伸出援手。

我们不知道是张秀才没有把李白的困境告诉高适,还是高适碍于身份不便为李白开脱。高适是被唐肃宗派去平叛的,平叛统领不止他一人,他可能有他的苦衷。

虽然我们非常希望高适顾念旧情,但是也不得不说,李白与高适的交情不算深厚。

李白曾在鲁东门设宴送别杜甫,与杜甫别后还写诗赠杜甫,杜甫更是一首接一首给李白写诗。李白与高适分别以后,两人可有来往?我们在现存李白、高适两人的诗集之中都找不到两人分别后交往的证据。

窃以为,李白、高适不是一路人,虽然李白与高适都喜欢谈王霸之道,但是两个喜谈王霸之道的人不一定是知音,也可能观点相左,越谈越发现南辕北辙。李白的王霸之道停留在理论层面上,高适祖上几代为官,他的理念更接近于实践层面。

李、高、杜三人两度同游,也不一定是因为李白与高适相处得来,可能是因为有个杜甫。杜甫与李白都是诗人气质,相互欣赏；高适与杜甫都出身名门，这让两人在言谈举止上有共性。

高适敢于直言，对百姓宽容，官声不错。他与杜甫一生保持着深厚友情，杜甫流落四川期间，高适经常在生活上接济杜甫。

总之，高适没有援助李白，不是他人品有问题，而是有我们不知道的缘故。

纵是如此，也让人伤感。

不过好在经过崔涣、宋若思等人的营救，李白终于被释放出狱。

裴敬在《翰林学士李公墓碑》中有另一种说法。

> 客并州，识郭汾阳于行伍间，为免脱其刑责而奖重之。后汾阳以功成官爵，请赎翰林，上许之，因免诛，其报也。

裴敬说，李白当年到并州做客，郭子仪有罪，李白帮他免罪。后来李白犯罪下狱，郭子仪请求以他的官爵为李白赎罪，唐肃宗于是免除李白的死罪。

有人否定这种说法，理由有二：一是郭子仪没有开元年间去并州的记载；二是郭子仪二十左右考中武举授官，李白开元年间还是一介白丁，李白不可能救郭子仪。

近有贾祝文先生撰文谈到李白开元二十三年到二十四年游太原期间，郭子仪由安西副都护改任朔方节度副使，当时朔方、河东节度使都由信安王李祎一人兼任，河东节度使治所在太原，郭子仪有可能去上司那里报到，与李白在太原相遇。唐时禁诸王与群臣游宴交结及私信往来，已故连州司马武攸望之子温慎与信安王李祎、广武王李承宏等交游结宴，事发后，温慎被杖死，李祎被贬为衢州刺史，郭子仪有可能也受到牵连。李白去太原是受元演邀请，元演之父为太原府尹，李白有可能通过元演之父搭救了郭子仪。

我也觉得，关于李白与郭子仪互救一事，并非小说家的演义，而是唐人就有这样的说法。写《翰林学士李公墓碑》的裴敬出身于仕宦之家，他的消息来源应该比较可靠。

郭子仪救李白一事，李白与崔涣、宋若思未必知情。当时各方消息阻隔，郭子仪也没有对外宣扬，应是多年以后由知情人传播开来。

李白被释放出来后，在宋若思军队里当了一名幕僚。

这时，安禄山已经被他的儿子安庆绪杀死。原来，安禄山起兵以来，身体状况每况愈下。他脾气暴躁，经常殴打手下。他的谋士严庄与帮他穿衣的宦官李猪儿因经常被他打骂，便联合安禄山的儿子安庆绪把安禄山杀死，安庆绪继位。

九月，郭子仪的军队收复长安、洛阳；十月，唐肃宗回到长安。

国都虽然收复，叛乱仍未平定。

李白认为生逢乱世，就要有所作为。

宋若思也非常希望李白能有个官职，于是宋若思让李白以他的名义给朝廷写一份自荐表，请求授予李白一个京官的职位。

这是李白写的自荐表：

> 臣某闻，天地闭而贤人隐，云雷屯而君子用。臣伏见前翰林供奉李白，年五十有七。天宝初，五府交辟，不求闻达，亦由子真谷口，名动京师。上皇闻而悦之，召入禁掖，既润色于鸿业，或间草于王言，雍容揄扬，特见褒赏。为贱臣诈诡，遂放归山，闲居制作，言盈数万。属逆胡暴乱，避地庐山，遇永王东巡胁行，中道奔走，却至彭泽，具已陈首。前后经宣慰大使崔涣及臣推覆清雪，寻经奏闻。……

李白写的这份自荐表没派上用场，却给我们留下了一份宝贵资料，我们正是通过这份自荐表中的"年五十有七"，以及其他资料互相印证，才推断出李白的出生年份。

李白虽然壮心不老，但是实际上他年龄不小了，身体状况大不如前。他在跟随宋若思军队去武昌途中生病，只好留在宿松山养病。

李白在宿松山养病期间，给当过宰相的张镐写了两首长诗，请他举荐自己。

这两首长诗的文学水平不高，跟李白写的自荐表一样，这两首诗的意义是其史料价值。李白在诗《赠张相镐二首·其二》中写自己："本家陇西人，先为汉边将。功略盖天地，名飞青云上。……十五观奇书，作赋凌相如。"

　　在这首诗中，李白说自己是汉代飞将军李广之后，与他碑文上的说法一致。碑文上说他是西凉武王李暠之后，李暠也自称是李广之后，故李白如果是李暠后人，也是李广后人，但有个前提是李白说的是真话，如果他说的不是真话，那就没意义了。

　　很快李白的出仕之梦破灭了，朝廷虽然免了他的死罪，但是他作为永王叛乱集团的一分子，仍然要受到惩罚。

　　李白被罚流放夜郎。

为君槌碎黄鹤楼

至德二年十二月四日,逃离长安一年半的唐玄宗被儿子唐肃宗迎回长安。他逃出长安的时候是皇帝,回来却已变成太上皇,但这仍是一件大喜事。

皇帝赐酺五日,李白因为有罪在身不能参与庆祝活动。喜欢喝酒、喜欢热闹的李白,看着人们兴高采烈地喝酒吃肉,自己只能在一边看,心里别提有多失落了。

乾元元年(758年)春天,李白踏上流放之路。

听闻李白要流放夜郎,浔阳的官员都来给李白送行。李白在《流夜郎永华寺寄浔阳群官》中写道:"朝别凌烟楼,贤豪满行舟。"

李白妻子宗氏与弟弟宗璟把李白送到乌江边,姐弟两人与李白道别。李白写诗《窜夜郎,于乌江留别宗十六璟》表达对宗氏姐弟的感激之情:

君家全盛日，台鼎何陆离！
斩鳌翼娲皇，炼石补天维。
一回日月顾，三入凤凰池。
失势青门傍，种瓜复几时？
犹会众宾客，三千光路歧。
皇恩雪愤懑，松柏含荣滋。
我非东床人，令姊忝齐眉。
浪迹未出世，空名动京师。
适遭云罗解，翻谪夜郎悲。
拙妻莫邪剑，及此二龙随。
惭君湍波苦，千里远从之。
白帝晓猿断，黄牛过客迟。
遥瞻明月峡，西去益相思。

因为路上有众多朋友照顾，李白的流放之路并不凄苦，走到哪里都有朋友接风、送行。李白一路走，一路写诗，《流夜郎赠辛判官》《流夜郎至西塞驿寄裴隐》《流夜郎至江夏，陪长史叔及薛明府宴兴德寺南阁》《至鸭栏驿上白马矶赠裴侍御》……都是流放路上所作。

在赠辛判官的诗《流夜郎赠辛判官》中，李白回忆起他当年在长安同达官贵人饮酒，认识辛判官的经过，并盼望自己早日遇赦归来。

> 昔在长安醉花柳，五侯七贵同杯酒。
> 气岸遥凌豪士前，风流肯落他人后？
> 夫子红颜我少年，章台走马著金鞭。
> 文章献纳麒麟殿，歌舞淹留玳瑁筵。
> 与君自谓长如此，宁知草动风尘起。
> 函谷忽惊胡马来，秦宫桃李向明开。
> 我愁远谪夜郎去，何日金鸡放赦回？

走到江夏，李白去拜访了李邕故居。

博平郑太守听说李白流放夜郎，特地驾着五马豪车，从庐山寻到江夏北市门李白居处，与李白道别。

曾经当过丞相的张镐没来得及给李白送行，他特地让人送来几件轻薄的罗衣给李白做夏衫。

走到沔州（今湖北汉阳），李白遇到尚书郎张谓。他们与沔州太守杜公、汉阳县令王公一起月夜泛舟于江城之南湖，张谓因为这个湖没有正式名称，请李白给湖取个名字，李白给此湖取名为郎官湖。

路上，李白遇到故人郊昂谪巴中，李白写诗《送郊昂谪巴中》勉励他。

瑶草寒不死,移植沧江滨。
东风洒雨露,会入天地春。
予若洞庭叶,随波送逐臣。
思归未可得,书此谢情人。

李白与押送他的差役走了几个月,来到三峡。

当年二十来岁的李白豪情满怀地离开他生长的蜀地,沿三峡顺流而下,船行如飞,一日数百里。如今他已是年近六旬的老翁,每天凌晨早起沿三峡逆流而上,直到傍晚才停下来休息。走了三天,黄牛山还遥不可及。

过了三峡,就入巴蜀。

时光悠悠,漫漫行程。

离乡三十年的游子,竟是因为流放而路过故乡,这让李白心里五味杂陈,作诗《上三峡》感怀。

巫山夹青天,巴水流若兹。
巴水忽可尽,青天无到时。
三朝上黄牛,三暮行太迟。
三朝又三暮,不觉鬓成丝。

在寂寞的流放日子中,李白格外想念妻子宗氏。

李白老了。

每收到宗氏的回信,李白都格外高兴,这让他觉得,在遥远的地方有个牵挂他的人,有个在他艰难的时候可以依赖的人。

如果有一段时间没收到宗氏的来信,李白心里就觉得空落落。比如,李白曾写诗《南流夜郎寄内》抒怀。

> 夜郎天外怨离居,明月楼中音信疏。
> 北雁春归看欲尽,南来不得豫章书。

乾元二年(759年),关中大旱,皇帝大赦天下,宣布死罪从流,流罪以下全免。李白的流罪得到赦免,李白高兴得一跃而起,当即踏上回归之路。

赦免回归途中,李白又经过三峡,这次,他的心情完全不一样了。

李白从白帝城坐上船,小船在湍急的江水中顺流而下,疾驰如箭。李白站在船头,看着两岸青山像一座座绿色屏风飞快地向后跑去,听见两岸山上的猿鸣声不断。原先让李白听了愁肠百结的猿鸣声,如今听来,竟像美妙的音乐。

在猿鸣的背景音乐中,李白像是在用十倍速度看风景大片,原先"三朝三暮,黄牛如故"的行程,如今一天走完了。

真是人逢喜事精神爽。李白写下他平生最欢快的一首诗《早发白帝城》。

朝辞白帝彩云间，千里江陵一日还。
两岸猿声啼不住，轻舟已过万重山。

舟轻，李白的心情更轻松。向来擅长细致入微描摹景物的李白，这次对一路景物，只字未提，只选了猿鸣之声做背景音乐。

李白的心早已飞到江陵（今湖北荆州），什么景色他也看不见了。

那只载着他的船，仿佛成了他踩在脚下的风火轮。

回归途中，李白遇到故友息秀才，李白跟息秀才表示，他对功名利禄不感兴趣了，要入山修道炼丹去："弃剑学丹砂，临炉双玉童。"（《流夜郎半道承恩放还，兼欣克复之美书怀示息秀才》）

李白写这首诗的时候，是真的厌倦政治，想归隐山林，追求飞升。从此以后，做一个不问世事的人，入山，修道，炼制仙丹。

然而，李白把满腹牢骚在诗文中发泄出来后，对尘世的热爱又滋长起来。跟在枯寂的山林中炼制丹药相比，他还是更喜欢活色生香的凡俗生活。与朋友在一起无拘无束地喝酒，想喝多少喝多少，想唱歌就唱歌，想吟啸就吟啸，这样的人生才其乐无穷啊。

李白在他的诗《自汉阳病酒归，寄王明府》中对朋友王明府说：

> 去岁左迁夜郎道，琉璃砚水长枯槁。
> 今年敕放巫山阳，蛟龙笔翰生辉光。
> 圣主还听子虚赋，相如却与论文章。
> 愿扫鹦鹉洲，与君醉百场。
> 啸起白云飞七泽，歌吟渌水动三湘。
> 莫惜连船沽美酒，千金一掷买春芳。

李白说："去年流放夜郎，我的思维枯竭了；今年遇赦归来，我的灵感又回来了，写出来的文字又熠熠生辉，有时间咱们好好喝一顿。"

李白遇赦归来，还真是文采越来越好。这一路上，李白写的诗首首精彩，长诗佳句迭出，短诗意味无穷。

比如："划却君山好，平铺湘水流。巴陵无限酒，醉杀洞庭秋。"（《陪侍郎叔游洞庭醉后三首·其三》）

比如："南湖秋水夜无烟，耐可乘流直上天。且就洞庭赊月色，将船买酒白云边。"（《陪族叔刑部侍郎晔及中书贾舍人至游洞庭五首·其一》）

比如:"我在巴东三峡时,西看明月忆峨眉。月出峨眉照沧海,与人万里长相随。"(《峨眉山月歌送蜀僧晏入中京》)

比如:"黄鹤楼中吹玉笛,江城五月落梅花。"(《与史郎中钦听黄鹤楼上吹笛》)

比如:"雁引愁心去,山衔好月来。"(《与夏十二登岳阳楼》)

比如:"水闲明镜转,云绕画屏移。"(《与贾至舍人于龙兴寺剪落梧桐枝望灉湖》)

最妙的是这首《江夏赠韦南陵冰》:

胡骄马惊沙尘起,胡雏饮马天津水。
君为张掖近酒泉,我窜三巴九千里。
天地再新法令宽,夜郎迁客带霜寒。
西忆故人不可见,东风吹梦到长安。
宁期此地忽相遇,惊喜茫如堕烟雾。
玉箫金管喧四筵,苦心不得申长句。
昨日绣衣倾绿樽,病如桃李竟何言。
昔骑天子大宛马,今乘款段诸侯门。
赖遇南平豁方寸,复兼夫子持清论。
有似山开万里云,四望青天解人闷。
人闷还心闷,苦辛长苦辛。

> 愁来饮酒二千石，寒灰重暖生阳春。
> 山公醉后能骑马，别是风流贤主人。
> 头陀云月多僧气，山水何曾称人意。
> 不然鸣笳按鼓戏沧流，呼取江南女儿歌棹讴。
> 我且为君捶碎黄鹤楼，君亦为吾倒却鹦鹉洲。
> 赤壁争雄如梦里，且须歌舞宽离忧。

夸张的语言，跳跃的思维，这在李白诗里是常见的，无须多说。

最奇的是这句"我且为君捶碎黄鹤楼，君亦为吾倒却鹦鹉洲"，即使在李白天马行空的诗句中，也是很特别的。

从诗中来看，李白的心里还是愤懑的。他抛家舍业出山报国，却以附逆之罪被流放，李白心里过不去这个坎儿。

李白的诗歌，向来写完以后满城传颂。

江夏城里的文人墨客都在传看李白捶碎黄鹤楼之诗句。那些年轻人对其尤其感兴趣，他们觉得这个叫李白的老头太好玩儿了，居然要捶碎黄鹤楼。有个叫丁十八的少年写了首诗，讥笑李白捶碎黄鹤楼之举。说是"讥笑"，其实没恶意。李白酒后写了首《醉后答丁十八以诗讥余捶碎黄鹤楼》。

> 黄鹤高楼已捶碎，黄鹤仙人无所依。

> 黄鹤上天诉玉帝，却放黄鹤江南归。
> 神明太守再雕饰，新图粉壁还芳菲。
> 一州笑我为狂客，少年往往来相讥。
> 君平帘下谁家子，云是辽东丁令威。
> 作诗调我惊逸兴，白云绕笔窗前飞。
> 待取明朝酒醒罢，与君烂漫寻春晖。

跟前一首写黄鹤楼的诗相比，这首诗更加妙趣横生。

黄鹤楼，传说是有仙人驾黄鹤经过此地，故名黄鹤楼。巧的是，写诗讥李白的少年姓丁，与传说中的仙人丁令威同姓。传说中，丁令威成仙以后化为鹤。李白把两个典故揉为一体，暗讥丁十八：我捶碎黄鹤楼，你老祖宗化成的鹤无处可去，只好到玉帝那里控诉我，可是玉帝也没怪罪我，而是把你祖宗化成的那只鹤贬到人间。

真是到老都不改的孩子气。

这首诗，不仅思路奇，句子也奇。

诗人诗兴大发是什么样？在李白笔下，化为具体的意象，白云绕着他的笔在窗前飞。那一刻，李白坚信，他的笔是有仙气的。

想来这位名叫丁十八的少年会被李白怼得无话可说，亦会被这句"白云绕笔窗前飞"惊得无话可说。李谪仙的笔，神出鬼没，落地生花，让人叹服。

李白在他的故友江夏太守韦良宰那里住了一段时间。李白赠给韦良宰一首近千字的长诗，标题为《经乱离后天恩流夜郎忆旧游书怀赠江夏韦太守良宰》。

这首诗是李白的自白书。他写自己学"霸王略"与学剑的经过；写他当年到幽州，看出安禄山包藏祸心，他因惧安禄山的权势不敢声张，只好登上黄金台，对着古代贤王，掬一把热泪。他入永王幕，是被永王的人胁迫去的："半夜水军来，浔阳满旌游。空名适自误，迫胁上楼船。"

李白这些叙述不很客观。从他留下来的诗文来看，无论去幽州还是投永王幕，最初他都是很高兴的，不像是被人胁迫。

李白把自己写成一个无辜之人，有其原因。

与李白在永王事件中站错队不同，韦良宰是在永王事件上立场坚定而得到唐肃宗提拔的。永王东巡时，想让韦良宰站到他这边，韦良宰誓死不从；永王的人用刀压着韦良宰的脖子，他也没答应。唐肃宗对韦良宰非常赞赏，把韦良宰从县令提拔为太守。

李白给韦良宰写诗，只能说自己被胁迫加入永王东巡的队伍。不过，李白这话也不全算说谎，他确实不是主动投奔永王，而是永王再三派人请他，他才下山的。

李白这样写还有个缘故，他想让韦良宰推荐他，但他不能直说，只能拐弯抹角表明自己的心迹。

君登凤池去，忽弃贾生才。
桀犬尚吠尧，匈奴笑千秋。
中夜四五叹，常为大国忧。
旌旆夹两山，黄河当中流。
连鸡不得进，饮马空夷犹。
安得羿善射，一箭落旄头。

李白对韦良宰说：你要到朝中去当大官了，不要忘记我这个落魄贾生。我经常半夜三更睡不着觉，为国家前途担忧。现在天下形势还没安定，很需要一个有才能的人。

跟缥缈的神仙世界相比，李白更热爱触手可及的现实世界，在现实世界里建功立业，这是李白的真正梦想；归隐山林，追求长生不老，那只是他人生的副线。

李白在湖南遇到著名书法家怀素，写了首《草书歌行》，让我们通过李白的描述，了解狂草大师怀素的书法。

少年上人号怀素，草书天下称独步。
墨池飞出北溟鱼，笔锋杀尽中山兔。
八月九月天气凉，酒徒词客满高堂。
笺麻素绢排数箱，宣州石砚墨色光。

吾师醉后倚绳床，须臾扫尽数千张。
飘风骤雨惊飒飒，落花飞雪何茫茫。
起来向壁不停手，一行数字大如斗。
恍恍如闻神鬼惊，时时只见龙蛇走。
左盘右蹙如惊电，状同楚汉相攻战。
湖南七郡凡几家，家家屏障书题遍。
王逸少，张伯英，古来几许浪得名。
张颠老死不足数，我师此义不师古。
古来万事贵天生，何必要公孙大娘浑脱舞。

怀素是一名僧人，他善写狂草，与张旭齐名，时号"张颠素狂"。

在李白看来，不论写诗，还是写字，最重要的是释放天性，张旭、怀素的书法都做到了释放天性。怀素写字时呈现出来的艺术之美，不亚于公孙大娘的剑器舞。

杜甫诗《观公孙大娘弟子舞剑器行》中描述过他幼年时见公孙大娘舞剑之情形："霍如羿射九日落，矫如群帝骖龙翔。来如雷霆收震怒，罢如江海凝清光。"与李白所写怀素"飘风骤雨惊飒飒，落花飞雪何茫茫""恍恍如闻神鬼惊，时时只见龙蛇走"果然十分相似。

骑鲸归去

/
/ ·

李白遇赦归来，与夫人宗氏再度团聚。

李白这次被流放，无论对他，还是对宗氏，打击都很大。

宗氏本是名门富家女，因为倾慕李白而自愿嫁给他。两人婚后聚少离多，李白天南地北地漫游，宗氏独守梁园。直到安禄山叛乱，两人才一起逃难，辗转数千里，隐居在江西庐山。只是安静的日子没过多久，李白就被永王邀请入幕，随后以附逆罪入狱。宗氏为了营救李白到处奔走。李白流放夜郎以后，宗氏寄居在豫章郡。

宗氏与李白的婚姻，本来就不是俗世男女的寻常婚恋，而是一个独立灵魂对另一个独立灵魂的慕恋。

宗氏跟当时很多上流社会的女性一样热爱道教。李白回来后不久，她听说李林甫之女李腾空在庐山修道，想去庐山，与李腾空结伴修道。

李白知道宗氏是个独立不倚的女子，他与宗氏没有儿女，没有世俗的牵挂,尽管他非常依恋宗氏,仍然亲自送宗氏去庐山寻找李腾空。

他们来到庐山屏风叠,以前,这里是李白与宗氏的避难之所;以后,这里便是宗氏的修道之所了。

> 君寻腾空子,应到碧山家。
> 水舂云母碓,风扫石楠花。
> 若爱幽居好,相邀弄紫霞。
>
> 多君相门女,学道爱神仙。
> 素手掬青霭,罗衣曳紫烟。
> 一往屏风叠,乘鸾著玉鞭。

这首《送内寻庐山女道士李腾空二首》中提到的"腾空子"就是李腾空。李腾空之父李林甫为相十九年,权倾一时。李林甫死后,他的家族遭到唐玄宗清算,家产被抄没,子孙被流放岭南、黔中。李腾空看破红尘,出家修道,一边修道,一边行医施药,济世救民,深受人们尊重。

宗氏的祖父宗楚客三度担任宰相,唐中宗死后,宗氏一家也遭到清算。相似的家境,让宗氏与李腾空惺惺相惜。

从此,宗氏退出李白的生命舞台,直到李白去世,两人再未相见。

李白自己也有修道之意。李白在《庐山谣寄卢侍御虚舟》一诗中写道：

> 我本楚狂人，凤歌笑孔丘。
> 手持绿玉杖，朝别黄鹤楼。
> 五岳寻仙不辞远，一生好入名山游。
> 庐山秀出南斗旁，屏风九叠云锦张，影落明湖青黛光。
> 金阙前开二峰长，银河倒挂三石梁。
> 香炉瀑布遥相望，回崖沓嶂凌苍苍。
> 翠影红霞映朝日，鸟飞不到吴天长。
> 登高壮观天地间，大江茫茫去不还。
> 黄云万里动风色，白波九道流雪山。
> 好为庐山谣，兴因庐山发。
> 闲窥石镜清我心，谢公行处苍苔没。
> 早服还丹无世情，琴心三叠道初成。
> 遥见仙人彩云里，手把芙蓉朝玉京。
> 先期汗漫九垓上，愿接卢敖游太清。

李白一次次想修道，对尘世的热爱却让他很快就一次次走出山林，来到都市，与朋友们吃喝玩乐。

上元二年（761年），李白六十一岁。

此时，长达八年的安史之乱已经进入第六年，安禄山被他的儿子安庆绪杀死，安庆绪被安禄山部将史思明杀死，史思明又被自己的儿子史朝义杀死。

春天，李白在金陵；夏天，他来到安徽泾县。秋天，听说唐朝大将李光弼率大军平定史朝义叛乱，李白热血沸腾。他想北上，入李光弼幕，为朝廷奉献余力。

李白心未老，但他的身体老了。多年饮酒放浪的生活，损害了他的身体。

李白走至半路上，病倒了，只好回到金陵。李白只能借诗《闻李太尉大举秦兵百万出片东南，儒夫请缨，冀申一割之用半道病还留别金陵崔侍御十九韵》言志：

秦出天下兵，蹴踏燕赵倾。
黄河饮马竭，赤羽连天明。
太尉杖旄钺，云旗绕彭城。
三军受号令，千里肃雷霆。
函谷绝飞鸟，武关拥连营。
意在斩巨鳌，何论鲙长鲸。
恨无左车略，多愧鲁连生。
拂剑照严霜，雕戈鬈胡缨。

> 愿雪会稽耻，将期报恩荣。
> 半道谢病还，无因东南征。
> 亚夫未见顾，剧孟阻先行。
> 天夺壮士心，长吁别吴京。
> 金陵遇太守，倒屣欣逢迎。
> 群公咸祖饯，四座罗朝英。
> 初发临沧观，醉栖征虏亭。
> 旧国见秋月，长江流寒声。
> 帝车信回转，河汉复纵横。
> 孤凤向西海，飞鸿辞北溟。
> 因之出寥廓，挥手谢公卿。

从李白诗里可知，近几年来，他几次卧病、病酒。病酒可以是醉酒，也可以是醉酒引发身体宿疾，我以为李白最后几年的病酒是后者，是多年狂饮造成的身体伤害。可是他戒不了酒，只有酒杯举起来，他才会忘记心灵上的痛苦。

身体之痛与心灵之痛，他只能二选一。

李白跟朋友王历阳说："君家有酒我何愁，客多乐酣秉烛游。"（《对雪醉后赠王历阳》）

六十有余的李白没有建立功业，也没有一个其乐融融的家庭，尘世间唯一可以安慰他的，就是和一群朋友坐在一起乐呵呵喝酒。

但好友越来越少。

贺知章去世已久。

与李白交往三十余年的元丹丘隐居深山,不大与外界交往,几乎听不到他的消息了。

与李白交往多年的崔成甫病逝了。崔成甫妻儿早亡,他因受韦坚案牵连被贬官,一生郁郁不得志。崔成甫去世以后,李白一边翻看他的遗著《泽畔吟》,一边挥泪为这部遗著作序。

在宣城,李白听说他的知己蒋征君也去世了,作《宣城哭蒋征君华》,以歌当哭。

> 敬亭埋玉树,知是蒋征君。
> 安得相如草,空余封禅文。
> 池台空有月,词赋旧凌云。
> 独挂延陵剑,千秋在古坟。

在宣城,有位擅长酿酒的老头儿纪叟,李白昔日在宣城时,经常喝他酿的酒。这次来宣城,李白听说纪叟也去世了,于是以诗《哭宣城善酿纪叟》哭祭。

> 纪叟黄泉里,还应酿老春。
> 夜台无晓日,沽酒与何人?

好酒要给好酒的人喝，黄泉之下无李白，纪叟酿的好酒给谁喝？谁会品一口，赞一声好酒，眼眸里闪着光呢？

李白有一种可贵的品质，对上不谄，对下不骄。皇帝老子叫他，他不愿上船就不上船；平头百姓，一饭之恩，他也念念不忘。

有一天李白夜宿五松山下贫苦妇人荀媪家。荀媪因李白是一位贵客，特地煮了精细的菰米饭献给李白。李白听着主人家晚上还在舂米的声音，想想白天所见农民辛苦秋收的情景，实在不忍心吃这碗饭。怎奈主人家太热情，他向老太太一再道谢，才含愧接下饭碗。这件事，李白写在了诗《宿五松山下荀媪家》中。

　　我宿五松下，寂寥无所欢。
　　田家秋作苦，邻女夜舂寒。
　　跪进雕胡饭，月光明素盘。
　　令人惭漂母，三谢不能餐。

这时候的李白，生活已经很窘迫。

李白一辈子不差钱，于是也没有积蓄钱财的习惯，当年他从家里带出来的钱都随随便便花光了，何况后来别人送他的钱财。

李白只在东鲁置办了一些产业，如今战乱未息，东鲁回不去了。这几年，随着他逃难、被流放，身边的钱财耗尽，吃饭、穿衣只能靠朋友接济。

他身体好的时候，财务问题还没暴露出来；随着身体状况恶化，财务问题就突现了。治病、养病、安顿家人，这都需要钱。

李白，连个可以养病的地方都没有，只好去当涂，依附所谓的族叔李阳冰。

李阳冰出身赵郡李氏，哪怕李白真的是出身于陇西李氏，两人的血缘关系也非常疏远，何况李白是不是陇西李氏还不一定。李阳冰只是李白一厢情愿认来的一个族叔。只能说李白在当涂实在无人可依了。

李白人生的最后一年可以说是"悲欣交集"。"花枝拂人来，山鸟向我鸣。田家有美酒，落日与之倾。醉罢弄归月，遥欣稚子迎。"从这首《游谢氏山亭》中可以看出，有与朋友饮酒的欢乐，但更多的是落寞。

李白在他生命中的最后一个春天，最后一次游宣城，看到漫山遍野的杜鹃花，想到了故乡的子规鸟。子规鸟也叫杜鹃，传说是蜀王杜宇死后所化。每到春天，寂静的山林里响彻子规凄厉的啼鸣之声，直到嘴角的血滴落到地上，化为遍地的杜鹃花。

蜀国曾闻子规鸟，宣城还见杜鹃花。
一叫一回肠一断，三春三月忆三巴。

——《宣城见杜鹃花》

白发的李白仿佛回到少年时，坐在故乡匡山的读书台上，听着杜鹃鸟在夜空里啼鸣，他的眼睛亮晶晶的，对未来充满希望。他毫不怀疑，他是个可以干一番大事业的人。

　　他还什么都没做就老了。

　　重阳节来了，这是李白生命中的最后一个重阳节。

　　李白与朋友一起到龙山饮酒赏菊花，他很高兴，写诗道："九日龙山饮，黄花笑逐臣。醉看风落帽，舞爱月留人。"（《九日龙山饮》）

　　第二天，人们又聚宴赏菊，谓之小重阳。

　　这天李白写的诗很凄凉："昨日登高罢，今朝更举觞。菊花何太苦，遭此两重阳？"（《九月十日即事》）

　　李白说，菊花啊，你怎么这么命苦，两天里被人们采摘两次。

　　很难说，李白这是在伤物，还是在伤己。

　　李白的病一日重似一日，他已经没有精力去远方，只能留在当涂，唯一可以依靠的是时任当涂县令的李阳冰。然而李阳冰已经准备辞官而去，李白陷入完全的迷惘之中，去无可去，留不可留，生命的最后，他竟无一席安居之地。

　　李白的病情急剧恶化。他凄凉地念着写给自己的挽歌《临路歌》。

　　　　大鹏飞兮振八裔，中天摧兮力不济。

> 余风激兮万世，游扶桑兮挂石袂。
> 后人得之传此，仲尼亡兮谁为出涕。

李白的挽歌中，又一次出现大鹏这个意象。

李白第一次写到大鹏，才二十岁，那时他还在蜀中，念着"大鹏一日同风起，抟摇直上九万里"。他又一次写到大鹏时，是在江陵遇到司马承祯，作《大鹏赋》。那时的他，深信自己会像大鹏一样青云直上。

而今，这只大鹏的翅膀折断了，他飞不动了，他就要落到地面上，羽毛融在泥土里。当年孔子闻听鲁哀公捕获瑞兽麒麟而伤心绝笔，不再著《春秋》；如今大鹏鸟死了，谁会为它伤心流泪？

宝应元年（762年）十一月，李白病逝于安徽当涂。

关于李白的死因，民间传说不一。有说是李白醉酒，下水捞月，沉水而死；有更浪漫的说法是他化为白鲸，从水中冲天而起，飞向浩渺太空。

这是人们的善意，人们不相信那位写出锦绣诗文的李谪仙会像凡夫俗子一样死去。

抛开民间美好的传说，关于李白的死因，比较可靠的说法有二：一是说他饮酒过度而死；一是说他死于腐胁。晚唐诗人皮日休在《七爱诗·李翰林》一诗中写道："竟遭腐胁疾，醉魄归八极。"腐胁是什么病？郭沫若认为是慢性脓胸穿孔。

古人诗文中经常提到腐胁疾，无不认为它与饮酒过度有关。陆游《饮酒》一诗中写道："世言有毒在曲蘖，腐胁穿肠凝血脉。"

酒精赋予李白灵感，在酒精的刺激下，他周身的血液快速流动，一个又一个意象飞快地在他头脑中闪过，造就了他诗歌中无穷无尽的变化和天马行空的想象。

慢性酒精中毒却要了他的命。

李白之后，再无李白，大唐盛世，翻过了最华丽的一章。

李白去世的时候，安史之乱已经接近尾声。

李白去世前半年，唐玄宗李隆基死了。这个亲手把大唐王朝推向辉煌的男人在他生命的晚年，亲眼看着大唐王朝的繁盛一去不返，他也在落寞中度过了生命最后的时光。唐玄宗李隆基去世后半个月，他的儿子唐肃宗也死了。唐肃宗死后，他的儿子唐代宗李豫继位。

李豫继位不久，就给叔叔永王李璘平了反。永王李璘平反，李白的附逆罪也就不存在了。李豫征召李白到朝中为左拾遗。李白终于有了一个正式官职。然而，皇帝的诏令传到当涂时，李白已经去世了。

李白是带着一个附逆罪的污点去世的。

他是不甘心的。

寂寞身后事

　　李白去世后,他的儿子伯禽在当涂居住,直到去世。

　　关于伯禽,我们只知他生于安陆,长于东鲁,母亲早丧,父亲在外漫游,他绊绊磕磕长大,但他依然爱父亲。父亲同样也是爱他的,他的父亲在任何时候说起他,总是称他为爱子。只是他的父亲一生受困于自己的天赋,不知道怎样做父亲。

　　李白去世后,伯禽失去依靠。他在当涂没有资产,没有亲朋,只能勉强维生。

　　伯禽有一子两女。他的儿子,也是李白唯一的孙子,大约在公元802年离家出走。我们不知道是什么原因,也许是家庭贫困让他心生绝望,外出谋生去了;也许是他受未见过面的祖父影响,到深山里修道去了;也许是他听说祖父生长在蜀中,父亲生长在安陆,到那里寻访亲人去了。

　　他再未回来。

　　总觉得他这是凶多吉少的。

李白孙子生活的时代与李白生活的时代不一样了。

李白漫游天下，不治产业，放纵恣肆，是因为他生活在一个时间超长的盛世，盛世里的人没有危机感。李白，老天爷赏饭吃，仪表不俗，天生会写诗，喝了酒说的醉话，抄录下来，就是诗句。诗歌，音乐，饥不可食，寒不可衣，在乱世里没用处，在盛世里那是人人追捧的，一个人能把诗句写得华丽，走到哪里都有饭吃。

李白孙子生活的时代，唐朝日渐衰败，天下纷乱，他没有爷爷的天赋，家里也没有条件让他从小读书、学诗、练剑，一个贫困家庭成长起来的少年，在外如何面对凶险？

李白的两个孙女，都嫁给了普通农夫，过着困窘的生活。

贞元六年（790年），膳部员外郎刘全白来当涂吊唁李白，看到李白荒坟将毁，便与当涂县令顾游秦一起为李白立了一块墓志，埋在距离李白之坟一百二十步处。

元和十二年（817年），李白友人范伦之子范传正担任宣、歙、池等州观察使，当涂在他的管辖范围之内。他派人寻访李白后人，只找到李白的两个孙女。

范传正把李白的两个孙女请到官府相见，只见两人外貌、衣着都是普通农妇的模样，唯有举止娴雅、语言清晰，依稀尚存祖父风采。

两个孙女告诉范传正，祖父生前"志在青山"，她俩生活艰辛,无力完成祖父遗愿,为此伤心,却无可奈何。

范传正与当涂县令诸葛纵决定完成李白遗愿,他俩把李白坟墓移到青山(天宝十二载改为谢公山)南麓,并在李白墓前立了两块新墓碑,范传正亲自撰写碑文。

范传正想让李白两个孙女改嫁士族,她们拒绝了。她俩说:"我们孤穷的时候嫁给现在的丈夫,不能仰仗着官府的势力抛弃现在的丈夫。如果我们这样做,死后无颜见祖父于地下。"范传正不再勉强,免除她们两家的徭役赋税,算是照顾李白后人。

会昌三年(843年),裴旻侄孙裴敬路过当涂,与鄄城县尉李劭一起拜祭李白墓。他们询问一位居住在李白墓附近的乡民毕元宥,得知李白孙女已经五六年没给祖父上坟,大约已经去世了。裴敬给李白重新立了一块墓碑,请当涂县令免去毕元宥的力役,让他负责给李白扫墓。

李白的后人再无下落。

李白这只神龙,前不见首,后不见尾,上不知他的先人,下不知他的后人,只有他像一只大鹏鸟一样横空出世,直冲九霄,震惊当时,照亮后世。

如果不是神州大地到处是他的遗迹,要不是他的诗歌代代相传,我们几乎怀疑:李白这个人,是不是真的存在过?为什么关于他的身世,到处都是大大的问号?

有时候想,也许李白还有后人。

在扬州见过李白的魏颢说李白与东鲁女子生有一子，名颇黎。唐代文学家李华在《故翰林学士李君墓志并序》中说"有子曰伯禽天然，长能持幼能辩"，这怎么看，都像是说李白有两个儿子，长子名伯禽，次子名天然，长子能持家，幼子能辩论。

如果李白有两个儿子，"天然"应该就是"颇黎"，天然是大名，颇黎是小名。

"颇黎""天然"这两个名字很有李白特色，李白儿女们的名字都是信手拈来，放飞自我。

奇怪的是，"颇黎"这个名字在李白诗文中从来没有出现过，李白每次在诗文中提到"爱子"，总是指伯禽。李白与魏颢说："尔后必著大名于天下，无忘老夫与明月奴。"明月奴也是伯禽，李白还是没提另一个儿子颇黎。

不但颇黎莫名其妙消失，颇黎之母，那位东鲁女子，也莫名其妙消失，李白在东鲁置办的房屋田产，也不知他是怎样处理的。

东鲁女子本是李白邻家女，李白喜欢她，央告她父母成亲的。虽然不算很正式的婚姻，但是她也不是给李白做妾。李白娶了宗氏，她就没法安置了，妻不是妻，妾不是妾。也许在那时，她与李白分手，带着儿子另嫁他人，或者带着儿子与父母一起生活。如此一来，李白在东鲁的财产，很可能也就留给了这对母子。

因为李白有负于她，不好言明。

李白的昭阳妓、东山妓，亦不知可有人留下李白的骨血。

李白一生，诗文无数，由于战乱流离，他的诗文"十丧其九"。李阳冰把李白诗文编为《草堂集》十卷。李白交给魏颢的那部分诗文在战乱中丢失，安史之乱后期，魏颢在绛县意外得到李白部分诗文，编为《李翰林集》二卷。

北宋文学家乐史各方搜求，编为《李翰林集》二十卷，又把在官府藏书中找到的李白赋序表赞书颂编为《李翰林别集》十卷，共三十卷。

宋代，存李白诗文一千零一篇，现存李白诗文不足千篇。

李白一生，精彩纷呈，上见过天子，下混迹于黎庶中；看过世上最美的风景，见过凡间最美的女人，写过古今最美的诗句。

这样的人生，换到大部分人身上，都是求之不得的。但对李白来说，这样的人生，仍然与他的天赋不匹配。

杜甫说："千秋万岁名，寂寞身后事。"（《梦李白二首·其二》）

杜甫不幸言中，李白的身后事是寂寞的。

最初的荒芜过后，李白与他的诗，都在时光中站住了脚。经过时光的淘洗，他的诗句像珍珠一样闪闪发光，滋养着一代代人的精神世界。

王侯将相皆朽土，李白的诗歌，会万古千秋永流传。

图书在版编目（CIP）数据

李白诗传 / 叶何其著. —成都：天地出版社，2023.3
（诗词里的中国）
ISBN 978-7-5455-6881-3

Ⅰ.①李… Ⅱ.①叶… Ⅲ.①李白（701-762）—传记 Ⅳ.①K825.6

中国版本图书馆CIP数据核字（2021）第265064号

LI BAI SHI ZHUAN
李白诗传

出 品 人	杨　政
作　　者	叶何其
责任编辑	孙学良
封面设计	金牍文化·车球
内文排版	麦莫瑞文化
责任印制	王学锋

出版发行	天地出版社
	（成都市锦江区三色路238号 邮政编码：610023）
	（北京市方庄芳群园3区3号 邮政编码：100078）
网　　址	http://www.tiandiph.com
电子邮箱	tianditg@163.com
经　　销	新华文轩出版传媒股份有限公司

印　　刷	玖龙（天津）印刷有限公司
版　　次	2023年3月第1版
印　　次	2023年3月第1次印刷
开　　本	880mm×1230mm　1/32
印　　张	10.5
字　　数	207千字
定　　价	39.80元
书　　号	ISBN 978-7-5455-6881-3

版权所有◆违者必究
咨询电话：（028）86361282（总编室）
购书热线：（010）67693207（营销中心）

如有印装错误，请与本社联系调换。